LUIS SEPÚLVEDA
UN VIEJO QUE LEÍA NOVELAS DE AMOR

塞 普 尔 维 达 作 品 系 列

读爱情故事的老人

〔智利〕路易斯·塞普尔维达 著

唐郗汝 译

人民文学出版社
PEOPLE'S LITERATURE PUBLISHING HOUSE

著作权合同登记号：图字 01-2017-5632

Un viejo que leía novelas de amor
by Luis Sepúlveda
Copyright © Luis Sepúlveda，1989
by arrangement with Literarische Agentur Mertin Inh. Nicole Witt e.k.，
Frankfurt，Germany
All rights reserved.

图书在版编目(CIP)数据

读爱情故事的老人 /(智利)路易斯·塞普尔维达著；
唐郗汝译.—北京：人民文学出版社，2017.9
(塞普尔维达作品系列)
ISBN 978-7-02-013237-9

Ⅰ.①读… Ⅱ.①路… ②唐… Ⅲ.①长篇小说-智利-现代 Ⅳ.①I784.45

中国版本图书馆 CIP 数据核字(2017)第 203092 号

责任编辑　叶显林　潘丽萍
封面设计　汪佳诗

出版发行　人民文学出版社
社　　址　北京市朝内大街 166 号
邮政编码　100705
网　　址　http://www.rw-cn.com
印　　刷　山东德州新华印务有限责任公司
经　　销　全国新华书店等
字　　数　67 千字
开　　本　850 毫米×1168 毫米　1/32
印　　张　4.5
插　　页　2
版　　次　2011 年 12 月北京第 1 版
印　　次　2017 年 11 月第 1 次印刷
书　　号　978-7-02-013237-9
定　　价　29.00 元

如有印装质量问题，请与本社图书销售中心调换。电话：01065233595

作者按语

当迪格雷·胡安奖的评审团成员在奥维多①读这部小说时（他们几天之后将这项奖授予了它），几千公里之外，一个谋杀团伙结束了一位卓越的亚马逊护卫者、世界生态保护行动中始终如一的杰出代表的生命，这伙人受雇于更大的罪犯——一些穿着考究、指甲精心保护的人——他们以"发展"的名义行使这一切。

你永远都无法看到这部小说了，契科·门德斯，亲爱的朋友，你言语不多，总是默默实干，然而，这个迪格雷·胡安奖依然属于你，以及所有将沿着你的路前行的人，这也是我们共同的道路：保护我们拥有的唯一的世界。

（陈凯先　译）

---

① 奥维多，西班牙北部城市。

献给：

我遥远的朋友米盖尔·特赞克，南加里特萨上游孙比的苏阿尔地区理事，伟大的亚马逊保卫者。

某个夜晚，他滔滔不绝的充满魔幻的讲述，让我了解了很多那个陌生的绿色世界的细节，然后，在远离"赤道伊甸园"的另一些地方，我用它们构建了这个故事。

中文版序言

这部小说源自对一个真实人物的观察。一九七八年的时候我参加了一次亚马逊丛林的探险活动，想要了解白人对亚马逊地区居民所造成的影响。可惜事不遂人愿，探险活动开始没几天便宣告夭折，但是我决定暂不回归"文明社会"。当时我还年轻，有的是时间，而且我也不能返回我的祖国智利，因为皮诺切特的独裁统治宣判了我八年的流亡生涯。

因此，我有幸见识了亚马逊的一支民族——苏阿尔人的世界。苏阿尔人慷慨而耐心地接纳了我。我是个彻头彻尾的丛林白痴，我不会用弓箭捕鱼，不会用吹管狩猎，无法分辨一种果实是可以食用的还是有毒的，不懂得丛林的信息，而且对苏阿尔人的语言一窍不通。

苏阿尔人大度且不厌其烦地教我捕鱼，狩猎，在丛林中行动。我学会了他们语言中的三十来个词语，并且能与他们沟通。不过最重要的是我结交了一个名叫努西尼奥的朋友。他是我的师父、我的向导，他教会我在丛林中生存，而且最重要的是，他向我传授了亚马逊民族的秘密中神奇迷人的文化。

有一天，我和努西尼奥一起去打猎，我们一起去猎猴子，在苏阿尔人中，猴子肉是很受欢迎的肉食。我们当时遭遇了一场亚马逊丛林的可怕的暴风雨。转眼间天降豪雨，我们为了寻找避雨的地方，来到了一间茅草屋，这是一个独居在丛林中的男人的家。

这个男人是个消瘦的白人，六七十岁的年纪，寡言少语。他沉默地请我们进他的茅草屋避雨，和我们分享他的食物。在夜晚降临时，他还将他的吊床让给我睡。

我躺在吊床上倾听这个老人和努西尼奥用苏阿尔语谈话，他们一直聊到我的朋友也躺下休息为止。就在那时，那个老人走到一个抽屉前，从里面掏出一本书，拿着一个放大镜，朗声读了起来。他读得很慢，边读边思考他放声读出的内容。他读的是一个爱情故事。

当老人在读故事的时候，我想起自己已经有几个月没有书卷在手了，于是便问他能不能从他的抽屉里拿一本书来读。

他示意我可以，我走到抽屉边，看到里面有五本书。五个爱情故事。

第二天暴雨渐止，我们向他辞别，走向丛林深处完成我们的任务：猎猴。

这个老人铭刻在我的记忆中。我的朋友努西尼奥告诉我，他并不是本地人，而是来自很远的地方。他不能也不想回到他的故乡，于是，和我一样，他渐渐地学会了在丛林中生存，并且已经会说苏阿尔人的语言。这个老人和我很相像，我们有许多共同点。

当我离开亚马逊丛林之后，我到许多国家旅行，直到最后决定在德国定居，然而我总是会想起这个独自住在丛林里的奇怪的老人，我的这部小说讲的就是他，一个在亚马逊的心脏地带读爱情故事的老人。

路易斯·塞普尔维达，二〇一一年八月

（马科星　译）

读爱情故事的老人

一

天空压得很低,像鼓胀着的驴肚皮,都快压到人的头顶了。温热而黏湿的风吹起一些散落的树叶,粗暴地摇晃着装点在镇政府正门前的发育不良的香蕉树。

埃尔伊迪里奥①镇稀落的居民以及一小撮来自邻近地区的冒险家聚集在码头,等着坐到鲁比昆多·洛阿恰明医生的便携式扶手椅上。这个牙医用一种奇特的口腔麻醉术替他的病人缓解疼痛。

"疼吗?"医生问。

那些病人紧紧地抓住椅子两侧的扶手,用拼命瞪大的眼睛和淋漓大汗来回答他。

有些人企图把牙医蛮横的双手从嘴边掰开,并且疼得想

---

① 在西班牙语中意为"田园诗;爱情"。

破口大骂，但他们的打算遭到了牙医强壮胳膊的阻止和威严的呵斥。

"安静，他妈的！把手拿开！我知道你疼，可这又是谁的错？啊？难道是我的错？是政府的！你给我好好地记着，你有烂牙是政府的罪过。你疼是政府的错。"

那些正在遭罪的人于是或闭上眼睛或微微地点头，以示同意。

洛阿恰明医生仇恨政府，仇恨所有的政府，仇恨任何一个政府。这个伊比利亚移民的私生子从父亲那里继承了对一切与权威有关的东西的敌视。可是仇恨的原因却在他年轻时代纵酒狂欢的时候给忘了，因此，他的那些无政府主义的唠叨成了一个缺点，使他显得有些可爱。

他以咒骂历届政府的相同方式咒骂从科卡石油基地来的美国佬，这些厚颜无耻的外来人，未经允许就给他的病人张着的嘴巴拍照。

就在眼前，"苏克雷"号上仅有的几个船员在往船上装成串成串的绿香蕉和一袋袋的咖啡豆。

在码头的一边，堆着早些时候就已经卸下船的一箱箱啤酒、伏隆特拉烧酒、盐和煤气罐。

等牙医一结束整牙工作，"苏克雷"号就将起锚，沿南加里特萨河逆流而上，驶向萨莫拉，然后在四天的缓慢航程之后，抵达埃尔多拉多的内河港口。

由船长指挥，两个充当船员的健壮男人齐心努力，在那台像患了痨病似的老柴油机马达的驱动下，这艘像一只古老的漂流筏似的船要在雨季过后才能回来，而阴郁的天空正预示着雨季的到来。

鲁比昆多·洛阿恰明医生每年来埃尔伊迪里奥两次，就像那个邮递员一样。邮递员难得给居民带书信过来，他的小手提箱里只会出现几张给镇长的公文，或者是几幅当权者沉甸甸的肖像画，因为受潮而退了颜色。

人们盼船来，只是为了能补充盐、油、啤酒、烧酒等储备，却用迎接救星似的热切欢迎牙医的到来。尤其是疟疾的幸存者，现在正疲于整天吐牙齿的残根，他们希望能有一张清除了碎牙的嘴，来配一副假牙——假牙都整齐地排放在像红衣主教制服似的紫红色台布上。

牙医一边给病人清理残牙周围的牙床，一边对政府骂骂咧咧，然后命令他们用烧酒漱一下口。

"好了，让我们看看，你觉得这副怎么样？"

"太紧了，我合不上嘴。"

"操！真他妈的挑剔。喏，再试试另一副。"

"太松了，打个喷嚏就会掉下来。"

"那你为什么感冒？傻瓜。张嘴。"

他们照做了。

试过各副不同的假牙之后，他们找到了最舒服的一副，然后趁牙医把剩下的假牙放在高压锅里用沸氯消毒的时候跟他讨价还价。

鲁比昆多·洛阿恰明医生的便携式扶手椅对于整个萨莫拉、亚宽比和南加里特萨河岸的居民来说，简直就像个政府机关一般举足轻重。

其实，这只是一把带有基座的旧理发椅，周边上了白漆，得要"苏克雷"号的船长和船员们合力才能抬起来，扶手椅的脚被固定在一块一米见方的木板上，牙医称之为"诊室"。

"在诊室里是我下命令，他妈的。这里得照我说的做。下来之后，你们可以叫我'拔牙的人''拔牙匠'，随你们想怎么叫就怎么叫，甚至我也许还会喝你们一杯。"

等着的人露出一张张极端痛苦的面孔，已经挨过拔牙钳的人，脸色也好不到哪里去。

在诊室周围唯一有笑脸的是蹲着看热闹的希瓦罗人。

希瓦罗人是被他们自己的族人苏阿尔人排挤的本地人，因为苏阿尔人认为他们受了"阿帕切人"①（即白人）的习俗影响而退化堕落了。

希瓦罗人穿着白人丢掉的破衣服，毫无反抗地接受了西班牙征服者强加给他们的绰号。

一个自尊、骄傲、熟悉神秘的亚马逊流域的苏阿尔人和一个希瓦罗人——就像聚集在埃尔伊迪里奥码头上等着讨杯剩酒的人之间有着天壤之别。

那些希瓦罗人微笑着，露出用河里的石头磨得尖尖的牙齿。

"你们在看什么鬼名堂？终有一天你们会落到我手里的，蠢货。"牙医威胁道。

知道是在说自己，那些希瓦罗人愉快地答道：

"希瓦罗人有好牙，希瓦罗人吃很多猴子肉。"

有时，一个病人发出一声惊起飞鸟的惨叫，一只手一把

---

① 这个地区印第安人对白人的称呼。

推开镊子,另一只空着的手伸向砍刀的刀柄。

"有种的,就放出点男人的样子来。我知道你疼,我也告诉过你是谁的罪过。别想吓唬我!给我老老实实坐下,证明你的鸡巴蛋还好端端地挂着。"

"可您在拔我的魂呢,医生。先让我喝一口吧。"

打发完最后一个受罪的人,医生舒了一口气,把没人挑中的假牙用红衣主教的台布包起来,在给器具消毒的时候,他看到一条苏阿尔人的小船经过。

这个当地人站在这条狭窄的船的船尾,节奏均匀地摇着桨,到"苏克雷"号旁边时,他又划了两桨,靠了上去。

从船舷探出船长那张令人生厌的面孔,苏阿尔人频频地咩着口水,一边手脚并用比画着向他解释。

牙医弄干器具后,把它们在一个皮匣里摆好。然后拿起装着被拔下的牙齿的容器,将牙齿扔进了水里。

船长和苏阿尔人从他身边经过,向镇政府走去。

"我们还得等一等,医生。他们带来了一个死去的美国人。"

这个消息让医生很不高兴。"苏克雷"号是个笨重的大家伙,极不舒适,尤其在回程中,又加载了绿香蕉和袋装的半烂的陈咖啡。

船由于各种故障而耽误了一星期，看来极有可能提前遇上雨季的来临，这样，他们就得把货物、旅客和船员安置在帆布下，就没有地方挂那些吊床了，如果再加上一个死人，航程就会更难挨了。

牙医帮着一起把扶手椅搬上船，然后走到码头的一端，安东尼奥·何塞·玻利瓦尔·普罗阿尼奥在那里等着他。这是一个身体柔韧的老人，他似乎一点都不在乎身负一个伟人[①]的名字。

"安东尼奥·何塞·玻利瓦尔，你还没死啊？"

老人先嗅了嗅腋窝，然后才答道："好像还没有。我还没发臭呢。那您呢？"

"你的牙呢？"

"在这里呢。"老人一边回答，一边将一只手插进口袋里。他打开一块褪了色的手帕，给医生看那副假牙。

"为什么不用，老家伙？"

"我这就戴上。刚才又没吃东西又没说话。干什么要浪

[①] 玻利瓦尔也是美洲独立战争时期杰出领袖西蒙·玻利瓦尔的姓。

费它？"

老人把假牙戴好，咂了咂嘴，大大地吐了口痰，把一瓶伏隆特拉烧酒递给医生。

"好呀。我想我是该喝一杯了。"

"是啊。您今天拔了二十七颗整牙和一大堆碎牙，但还是没有打破纪录。"

"你一直在替我记着账？"

"所以才是朋友嘛。朋友就是该庆祝对方的好运比以前更好，您不那么认为吗？那时还有年轻的移民来这里。您还记得那个乡巴佬吗？就是为了打赢一个赌，让你把自己所有的牙齿都拔光的那个？"

鲁比昆多·洛阿恰明医生歪着脑袋整理记忆，于是，脑海里出现了那个男人的形象：不太年轻，一副乡下人打扮。他一身白，赤着脚，却配着银制的马刺。

这个乡巴佬由二十来人陪着来到诊室，全都醉醺醺的。他们是一群居无定所的淘金者，人们称之为"朝圣者"。对他们来说，在河里或在别人的褡裢里弄到金子都是一回事。这个乡巴佬一屁股坐在扶手椅上，满脸蠢相地看着医生。

"请说话。"

"帮我全拔了，一颗一颗地拔，然后替我放这里，放桌上。"

"张嘴。"

那人照做了，牙医发现他臼齿的残根旁还有许多牙齿。有些被蛀了，另一些则是完整的。

"还有好多牙呢。你的钱够拔这么多吗？"

那人收起脸上愚蠢的表情。

"事情是这样的，医生，我说我很勇猛，可我在这里的朋友不相信。是这样的，我跟他们说我能让人把牙一颗一颗地全拔光却不吭一声。是这样的，我们打赌，赢来的钱我和您平分。"

"人家只要一拔你的牙，你就会吓得喊你妈。"那群人中的一个说，其他人哈哈大笑着表示赞同。

"你最好再去喝几杯，想想清楚。我可不赞成这种蠢事。"牙医说。

"是这样的，如果您不让我赢这个赌，我就用我带的这个家伙把您的脑袋砍下来。"

乡巴佬摸着砍刀的把儿，眼里闪着光。

于是这个赌只得打下去。

那人张开嘴，牙医重新数了一遍。一共十五颗牙。牙医告诉他的时候，这个挑战者将十五粒金子在红衣主教台布上一字排开，一粒金子一颗牙。其余打赌的人掏出另一些金子做赌注，或押他赢或押他输。金子数从第五注起大大增加。

乡巴佬先拔了七颗，眼皮都没眨一下。周围连一只苍蝇飞的声音都听不到；当拔到第八颗时，他开始出血，不一会儿就满嘴是血了。那人没法说话，却做了个手势示意停下。

他吐了好几口，木板上都溅上了血滴，然后他喝了一大口酒，酒让他疼得在扶手椅上直打滚，可他愣是没吭一声，又吐了一口，再一次用手势示意继续。

这场肉体摧残结束后，被拔光了牙的乡巴佬脸一直肿到耳根。他露出一副令人毛骨悚然的胜利者表情，和牙医平分了赢来的钱。

"是啊，时间过得真快。"洛阿恰明医生低声说，灌了一大口。

甘蔗酒让他的喉咙烧了起来，他做了个鬼脸，把酒瓶还了过去。

"您别跟我扮鬼脸，这可以杀死肠子里的小玩意儿……"安东尼奥·何塞·玻利瓦尔说，但立刻打住了。

两条独木舟靠了过来，其中的一条上露出了一个金发男子横躺着的脑袋。

二

镇长是这里唯一的官员,最高权威,代表着一个理应令人畏惧的遥远权力。他是一个总是不停出汗的胖子。

当地人说,他自从下了"苏克雷"号踏上这片土地的那一刻起,就开始出汗,从那时起他便一直不停地拧手帕,因此得了个"鼻涕虫"的诨名。

他们还传言说,在来埃尔伊迪里奥之前,他曾被任命到山区的某个大城市当差,后来因为贪污才被派到东部的这个无人知晓的角落作为惩罚。

除了出汗,他忙碌的另一件事就是管理啤酒的储备。他坐在办公室里慢慢地一小口一小口地喝着,以延长每一瓶酒消耗的时间,他知道一旦储备用尽,现实就会再一次变得令人绝望。

如果运气好的话,兴许一个带着大量威士忌的美国佬的拜访能缓解他的干渴。镇长并不像其他当地人一样喝甘蔗酒。他确信伏隆特拉酒让他做噩梦，而他总是生活在迷狂错乱的幻觉困扰中。

不知从哪天起，他和一个土著女人同居了，他粗暴地殴打她，指控她使他中了邪。所有的人都巴望那个女人把他杀掉，甚至还为此下了赌注。

自他到来那一刻起，七年过去了，他让所有的人都恨他。

他带来了以种种难以理解的理由征收捐税的癖好。他曾企图在一个难以管理的地区出售渔猎许可证；曾想向在一片比所有国家都古老的密林里采集湿木的樵夫征收受益权；还心血来潮要整顿民风，盖了一间竹屋以关押那些扰乱公共秩序而拒交罚金的酒鬼。

他所到之处总是招来鄙夷的目光，而他的汗水催生了当地人对他的憎恨。

相反，上一任的长官却是个受人爱戴的人。"自己活也让人活"是他的座右铭。船只的到来、邮递员和牙医的来访都要归功于他，然而他在任的时间却很短。

一天下午，他跟几个淘金者有过一段争执，几天之后，人们找到了他：脑袋被砍开了，身子被蚂蚁啃掉了一半。

于是，在两年的时间里，埃尔伊迪里奥一直没有一个当权者来保卫厄瓜多尔对那片无边无际的大森林的主权，直到中央政权派来这个受处罚的人。

每个星期一——他对星期一简直就是着了魔——人们看着他在码头的一根杆子上升起旗子，直到一场暴风雨把那块破布刮到密林中去，随着旗子而去的还有那对星期一的确信，而星期一对其他任何人而言都是无所谓的。

镇长到了码头。他用手帕抹过脸和脖子，然后一边拧手帕一边下令抬尸首。

这是一个年轻的男人，不超过四十岁，金发，体格强壮。

"你们是在哪里发现他的？"

两个苏阿尔人面面相觑，踌躇着是否要回答。

"这些野蛮人不懂西班牙语吗？"镇长嘟哝着。

其中一个决定回答他。

"在上游，两天前。"

"让我看看伤口。"镇长命令道。

另一个本地人移动了一下死人的脑袋。昆虫吞噬了他的右眼，而左眼依然闪着蓝光。从下巴一直到右肩膀有一道撕裂的伤口。从伤口里露出了残留的动脉和一些白花花的蛆。

"你们杀了他。"

两个苏阿尔人后退了一步。

"不。苏阿尔人不杀人。"

"不要撒谎了。你们一刀就解决了他。这很显然。"

这个好出汗的胖子拔出左轮手枪指着那两个吃惊的土著人。

"不。苏阿尔人不杀人。"那个人无畏地重复了一遍。

镇长用枪柄给了他一下让他闭嘴。

一条细细的血线从那个苏阿尔人的额头上渗了出来。

"别想把我当傻瓜耍。你们杀了他。走,到镇政府把你们的动机告诉我。走啊,野蛮人。而您,船长,请准备好带上这两个犯人一起走。"

"苏克雷"号的船长耸了耸肩膀作为答复。

"请原谅。您这是在往盆外拉屎呢。这不是砍伤。"这时响起了安东尼奥·何塞·玻利瓦尔的声音。

镇长怒气冲冲地拧了一下手帕。

"你,你知道什么?"

"我知道我所看到的。"

老人靠近尸体,倾下身子,搬动了一下尸体的头,然后用手指将伤口掰开。

"您看到这些成条状开口的肉了吗？您看到这些伤口是怎么样从上到下由深到浅的吗？您有没有发现这不是一道而是四道口子？"

"你想用这个说明什么鬼东西？"

"我要说的是，没有四片刀片的砍刀。爪子抓的。这是豹猫的爪子抓的。一只成年的动物杀死了他。请过来闻一下。"

镇长用手帕擦过后颈。

"闻？我已经看到它正在腐烂。"

"请您弯下腰闻一闻。不用害怕死人和蛆。闻闻衣服、头发，都闻一下。"

镇长忍住恶心，弯下腰，像一只胆小的狗似地闻了闻，没敢靠得太近。

"您闻到什么了？"老人问。

另外一些好奇的人凑上来也闻了闻尸体。

"我不知道。我怎么知道？闻到了血腥味、蛆的气味。"镇长回答道。

"有豹猫的尿臊味。"围观者之一说。

"是母豹猫的。是一只大母豹猫的尿味。"老人确定道。

"这并不能证明他们没杀他。"

镇长试图挽回他的威信,可本地人的注意力都集中在了安东尼奥·何塞·玻利瓦尔身上。

老人重新检查了一遍尸体。

"一只母豹猫杀了他。公的可能从那里走远了,也许受了伤。那只母的把他杀死后立即在他身上撒了尿做记号,以防在它去找公豹猫的时候其他兽类把他吃掉。"

"全是老太婆的故事。这两个野蛮人把他杀了之后把猫尿浇在他身上。你们真是什么蠢话都相信。"镇长声明道。

土著人想要反驳,但指着他们的枪管就像一道让他们保持沉默的命令。

"那他们为什么这么做?"牙医插话道。

"为什么?我很奇怪您会问这样的问题,医生。当然是为了抢劫。他们还会有其他的动机?这些野蛮人什么东西都想要。"

老人不快地摇了摇头看着牙医。后者明白了安东尼奥·何塞·玻利瓦尔想干什么,便帮他把死者身上的财物摆在码头的木板上。

一块手表、一个指南针、一只装着钱的钱包、一个汽油打火机、一把猎刀、一条有马头像的银链子。老人跟一个苏阿尔人用他们的语言说了几句,这个本地人就跳上独木舟交给他一个绿帆布背包。

一打开包,他们就发现里面有猎枪的火药和五张很小的毛皮。这些带斑点的豹猫皮还不到一拃长。它们都被撒上了盐,虽然比死尸好一些,却也发出了阵阵恶臭。

"好,大人,我认为您已经把这个案子结了。"牙医说。

镇长仍在不停地出汗,他看看那两个苏阿尔人,看看老人,看看牙医,不知道该说什么。

那两个土著人一看到那些皮,就立即激动不安地交换了几句话,跳上了独木舟。

"站住!你们给我在这里等着,到我决定了另一件事再走。"胖子命令道。

"让他们走吧。他们有充足的理由这么做。难道您还不明白?"

老人看着镇长,摇了摇头。突然,他拿起一张皮朝镇长抛去。好出汗的胖子接住了它,露出一脸恶心的表情。

"请您想一想,大人。您在这里待了这么多年却什么都没学到。想一想。这个婊子养的美国佬杀了幼崽,而且肯定伤了公豹猫。您看看天,快下雨了。想象一下这副情景。母兽可能为了在雨季开始的几个星期里填饱肚子和给崽子喂奶,外出觅食去了。幼崽们还没有断奶,公豹猫留下来照顾它们。野兽都是这样的,美国佬意外地发现了它们。现在母兽在这里游荡着,痛苦得发了疯。它正在追捕这个人。对它来说跟踪美国佬的痕迹应该是很容易的。这个倒霉的家伙把散发着奶味的小豹猫皮挂在了背上,让母兽追踪而至。它已经杀了一个人。它已经感觉到也认得了人血的味道,对于这只小动物的小脑袋来说,我们所有人都是杀死它那窝崽子的凶手,我们所有人都散发着同一种气味。就让那两个苏阿尔人走吧。他们得去通知他们的村落和附近的村落。每过去一天都会使母兽变得更绝望、更危险,它将在村落附近找血喝。臭婊子养的美国佬!看这些皮,又小又不能用。他居然冒着雨,带着猎枪打猎!看看皮上这么多的弹孔。您注意到了吗?您还指控那两个苏阿尔人,现在我们看到了:这个美国佬才是违法者。在法定的时节之外捕猎,而且打的还是被禁止捕猎的物种。如果您想到了武器,我向您担保那两个苏阿尔人没有,因为他们是在离事发地很远的地方找到尸首的。您不相信我?您注意看靴子。靴子的后跟部分已经扯烂了。这说明母豹猫在杀死他之后把他拖了很长一段路。看衬衫前襟的这些破损处。这只动物从这里用牙将他咬住来拖他。可怜的美国佬。肯定死得很惨。看这伤口。一只爪尖将颈静脉扯碎。当母豹猫噗嗤噗嗤地吮他的血时他一定还垂死挣扎了半个小时,接着,这只聪明的动物把他拖到河岸边防止蚂蚁吃他,然后,在他身上撒了泡尿做记号。在那两个苏阿尔人发现尸体的时候,它可能去找公豹猫了。让他们走吧,并且让他们去通知那些在岸边露营的淘金者。一只痛苦得发了疯的豹猫比二十个凶手合起来还危险。"

镇长一句话都没回答,离开去给埃尔多拉多警察局写电报了。

人们可以感觉到空气一天比一天炎热和黏稠。黏糊糊的,像一层讨厌的薄膜贴在皮肤上,它从密林里带来了暴风雨前的沉寂。天空的闸门似乎随时都将打开。

从镇政府里传出了打字机敲击键盘的缓慢声音,与此同时,两个男人已经把大木箱装好了,准备运放那具被人遗忘的等在码头木板上的尸体。

"苏克雷"号的船长看着天空诅咒着,一边不停地对那个死人骂骂咧咧。尽管知道没什么大用,他还是往大木箱里填上一层盐。

现在应该按惯例去做，根据一些荒谬的法令，死在密林里的人的尸体是不可以丢在密林里不管的：得把它们从脖子到腹股沟切开一个口子，挖空肚子里的肠子，再填上盐。这样，尸体到航程结束时还像个样子。但是，这一回是个该死的美国佬，必须把他完整地带走，连同正在身体里头啃他的蛆一起，到了要卸下船的时候，大概就只剩一包发着恶臭的脓了。

牙医和老人坐在煤气罐上看着河水流过。他们不时地交换那瓶伏隆特拉，一边抽着那遇潮也不会熄灭的硬叶子烟。

"好家伙！安东尼奥·何塞·玻利瓦尔，你让那位阁下哑口无言了。我以前没发现你还是个侦探呢。你在大家面前灭了他的威风，他也是活该。我希望有一天那些希瓦罗人给他一标枪。"

"他的女人会杀了他的。她现在正在积蓄仇恨，但还没到足够的程度。这需要时间。"

"看。都是那个死人的事给搅的，我差点忘了这个。我给你带了两本书。"

老人的眼睛亮了起来。

"讲爱情的?"

牙医点了点头。

安东尼奥·何塞·玻利瓦尔·普罗阿尼奥喜欢读爱情故事,牙医每次来这里都要给他带些读物。

"是悲伤的吗?"老人问。

"能让你泪如雨下。"牙医肯定地说。

"里面有真心相爱的人吗?"

"就像以前从没恋爱过似的。"

"他们经历了很多磨难吗?"

"我几乎都无法忍受了。"牙医答道。

然而,鲁比昆多·洛阿恰明医生从不看小说。

老人请他帮忙带一些读物的时候就明确地表达了他的偏好,要有苦难,有不幸的爱情和美满的结局,牙医觉得自己面对的是一个很难完成的任务。

他想象着自己可笑地走进瓜亚基尔①的一家书店,说:"请您给我一本小说,要非常悲伤的,有因为爱情而引起的很多苦难,还要有圆满的结局。"别人会把他当成一个老娘娘

---

① 厄瓜多尔西南太平洋沿岸的重要海港。

腔的。不过他却意外地在码头边的一个妓院里找到了解决的办法。

牙医喜欢黑种女人，一是因为她们有本事说一些能让被击倒的拳击手都站起来的话，二是因为她们在床上不出汗。

一天下午，当他和何塞菲娜——一个肌肤像鼓皮般光洁的埃斯梅拉尔达斯女人调笑的时候，看到衣柜上整齐地摆着一摞书。

"你看书吗？"他问。

"是的。但看得很慢。"女人回答。

"那你最喜欢看哪些书？"

"爱情故事。"何塞菲娜回答道，还补充了一些跟安东尼奥·何塞·玻利瓦尔一样的口味。

从那天下午起，何塞菲娜就交替做着情妇和文学评论家的工作，每六个月选出两本在她看来最苦难的小说，之后安东尼奥·何塞·玻利瓦尔就在他那间面朝南加里特萨河的茅屋里独自一人读它们。

老人接过那些书，检验了一下封面，声明他很喜欢。

这时，那只大木箱被抬上了船，镇长监督着这一操作。当看到牙医时，他便吩咐一个男人向他走去。

"镇长让您不要忘了缴税。"

牙医给了他几张准备好的钞票,说:"他怎么会这么想呢?告诉他我是一个好公民。"

那个男人回到了镇长身边。镇长接过钞票,让它们消失在了一只口袋里,一面把手放到额前向牙医打了个招呼。

"他也是这样用那些税把我攥在手心里的。"老人评论道。

"政府总是靠背信弃义咬上公民几口,它们就是靠这个活的。幸亏我们面对的还只是一只小公狗。"

他们抽着烟,喝着酒,继续看着那河水永恒的绿色流淌而过。

"安东尼奥·何塞·玻利瓦尔,我看得出你在沉思。说出来吧。"

"您说对了。我一点都不喜欢这件事。我可以肯定鼻涕虫正在考虑要进行一次搜捕,而且会叫上我。我不想去。您看到那个伤口了吗?干净利索的一抓。这只动物很大,爪子可能有五厘米左右长。这样的一只动物,就是再饿,也还是很强壮的。此外,雨季就要来了。脚印都会被冲刷掉的,而饥饿又使它们变得更狡猾。"

"你可以拒绝参加捕猎。对于这样的奔波你已经太老了。"

"您可别这么认为。有时候我还想再结一次婚呢。我可能还想请您当一回我的男傧相呢。"

"私下里问一句,你多大岁数了?安东尼奥·何塞·玻利瓦尔?"

"很老了。六十多岁,这是根据证件,可是,如果考虑到他们是在我已经会走路时才注册的,我们得说,我已经快七十了。"

"苏克雷"号通知起航的汽笛声使他们不得不分手了。

老人一直待在码头上,直到船在河流的一道拐弯处消失。他决定这一天不再和任何人说话,于是取下假牙,包在手帕里,然后把书紧紧地按在胸前,朝他的茅屋走去。

三

安东尼奥·何塞·玻利瓦尔·普罗阿尼奥能读书，却不会写字。

他顶多能在必须签一些正式文件的时候，比如在选举期间，胡乱写自己的名字，不过这种事总是要隔很长时间才有一次，因此他几乎都忘了怎么写字了。

他看书很慢，把音节组合到一块儿，在嗓子眼里咕哝着，似乎在品味它们，当掌握了整个单词之后，就一口气重复一遍。接着，用同样的方法处理整个句子，如此来领会字里行间塑造的情感和思想。

如果有一段他特别喜欢，他就把它重复念好多遍，他认为只有这么做才能体会到人类的语言是多么美丽。

他在放大镜的帮助下读书，这是他的第二件心爱之物。第一件是那副假牙。

他住在一间十几平方米的竹屋里，里面整齐地摆放着很少的几件家具：麻编的吊床、支在啤酒箱上的煤油炉子，还有一张很高很高的桌子，因为当他第一次觉得背疼的时候，他知道自己岁数到了，因此决定尽量少坐。

于是他做了这张高脚桌，用来站着吃饭，站着看他的爱情小说。

茅屋由编结的草屋顶保护着，朝河开着一扇窗。紧挨在窗边的就是这张高脚桌。

靠门挂着一条已经抽丝的毛巾和一块一年更新两次的肥皂条。这是一块好肥皂，有一股刺鼻的油脂味，洗衣服、洗碗碟、洗锅、洗头发、洗澡，都洗得很干净。

在一面墙上，吊床的脚头，挂着一幅过分修饰的肖像画，这是由一位住在山区的艺术家画的，上面是一对年轻的夫妇。

男的就是安东尼奥·何塞·玻利瓦尔·普罗阿尼奥，穿着贴身得体的蓝色外套和白色的衬衫，系一条只存在于画家想象中的条纹领带。

女的是多罗雷斯·恩加尔纳西翁·德尔·圣迪西莫·萨哥拉蒙多·埃斯杜比尼昂·奥塔瓦罗，她穿的那身衣服，在记忆的顽固角落里——仍潜藏着孤独牛虻的角落里——确实存在过并且继续存在着。

一块没有完全遮住头发的蓝色丝绒披巾给面容增添了一丝端庄，中分的乌亮长发一直垂到背上。两耳坠着金色的圆形耳环，脖子上缠绕着几圈也是金色的珠链。

从肖像画上的胸部可以看出她穿着一件用奥塔瓦罗家族的方法绣得很考究的罩衫，再上方是女人那微笑着的小巧而红润的嘴巴。

他们从孩童时代就在圣路易斯相识了，那是一个毗邻因巴乌拉火山①的小山村。十三岁那年父母给他们订了婚，两年后举行了一个庆典，而他们却为这个冒险的决定感到害羞，几乎没有参加。庆典之后他们便成了夫妻。

这对年少的夫妇结婚头三年住在岳父家，女孩的父亲是一个年纪很老的鳏夫，他答应在遗嘱上给他们好处以换取照料和祈祷。

老人死的时候他们大概十九岁，继承了一小块还不够维持一家人生计的田地，另外还有几头家畜，但它们后来被充作了守灵的费用。

---

① 位于厄瓜多尔因巴乌拉省境内。

日子一天天过去了。男人除了种自家的田还到别人的地里干活。他们勉强维持着温饱，唯一过剩的是流言蜚语，这些议论都不是针对他而是冲着多罗雷斯·恩加尔纳西翁·德尔·圣迪西莫·萨哥拉蒙多·埃斯杜比尼昂·奥塔瓦罗去的。

女人一直都没有身孕。每个月都可恨地准时来血，每次经期之后就多一分孤独无助。

"她生来就是长不出庄稼的地。"一些老太婆说。

"我见过她头几次的经血，里头有一些死蝌蚪。"另一个确定道。

"胎儿在肚子里就死了。这样的女人有什么用？"她们议论纷纷。

安东尼奥·何塞·玻利瓦尔·普罗阿尼奥试图安慰她，看了一个又一个巫医，试遍了各种助孕的草药和软膏。

一切都是徒劳。一个月又一个月，女人躲在屋子的一个角落里迎接令她感到羞辱的来潮。

当有人向丈夫提出一个令人愤怒的建议之后，他们便决定离开这个山区。

"也许是你不管用。你应该让她单独参加圣路易斯的庆祝会。"

他们建议他把她带到六月的狂欢会上，强迫她参加舞会和神父一走就开始的集体大醉宴。届时，所有的人都将躺在教堂的地板上不停地喝酒，直到甘蔗酒这种由榨糖厂慷慨制出的"纯洁之物"，引发一场在黑暗掩护下的肉体的混乱。

安东尼奥·何塞·玻利瓦尔·普罗阿尼奥否定了这个建议：他可不愿意把一个狂欢会的产物当儿子。此外，他曾听说过一个亚马逊流域的移民计划。政府承诺提供大量土地和技术援助来换取志愿者到与秘鲁有争议的领土居住。也许气候的改变能矫正他们中一个人的异常。

在圣路易斯的庆典前不久，他们打点好不多的几件家什，锁上房门，开始了他们的旅程。

他们花了两个星期才到达埃尔多拉多的内河港口。先坐了一段路的公共汽车，然后乘了一段路的卡车，接着又步行了一程，其间穿越了一些风俗奇异的城市，比如萨莫拉和罗哈，那里的土著萨拉古卢人坚持穿黑衣，永生永世为阿塔瓦尔帕①服丧。

---

① 阿塔瓦尔帕（1502？—1533），秘鲁印加帝国的末代皇帝。为西班牙征服者皮萨罗所杀。

在又一个星期的独木舟航行之后，他们带着因为缺少运动而变得僵硬的四肢到达了河流的一个湾口。这里唯一的建筑是一间巨大的由锌矿石盖的破屋子，充当办公室、种子仓库、工具仓库，同时还是新来移民的住所。这就是埃尔伊迪里奥。

在这里办完简短的手续之后，他们拿到了一张盖满印章的文件，表明他们已经正式成为当地的移民。他们分配到了两公顷的森林、一对砍刀、几把铲子、几袋被谷蠹蛀过的种子，还有那个始终没有兑现的关于技术支持的承诺。

夫妇两人一心投入了勉强建造一间茅屋的工作中，并且立即扑到山上开始清理杂草丛生的山地。他们从拂晓干到黄昏，拔树，除草，第二天清晨却发现那些藤草又长出来了，充满报复的生机。

第一个雨季到来的时候，他们已经吃光了所有的储备粮，不知所措。一些移民有旧猎枪，可山里的动物敏捷而狡猾。河里的鱼儿像是捉弄他们似的在他们眼前跳来跳去却总也逮不着。

他们被雨水和从未见过的大风隔绝了，在知道自己别无出路只能等待奇迹的绝望中一天天地憔悴下去，他们看着河水不断涨高，拖着树干和泡肿的动物奔流而去。

头一批到来的移民中开始有人死亡。一些人是因为吃了不知名的果子；还有一些是受到来势迅猛的高烧的袭击；另一些，则消失在了王蛇长长的肚子里，这种蛇先是盘绕他们，把他们绞碎，然后经过一个漫长而可怕的吞咽过程将他们吞到肚子里。

在与大雨的徒劳斗争中，他们六神无主，雨水的每一次进攻都气势汹汹地用冲垮茅屋来威胁他们；还有一到暴雨的间歇就无休止地进行凶猛攻击的蚊子，它们占据了整个身体，又叮又吸，在皮肤里留下灼热的红肿和孑孓，这些幼虫不久就会从脓包里破壳而出，走上它们通往绿色自由的路；还有饥饿的动物，流窜在山野之间，让整个山林都回荡着让人无法入眠的令人颤抖的号叫声，直到几个半裸的、脸上染着胭脂果浆、头上胳膊上戴着五颜六色的装饰品的男人出现，挽救了他们。

他们是苏阿尔人，因为同情而过来帮他们一把。

从苏阿尔人那里，他们学会了打猎，捕鱼，盖坚实的能抵挡大风的茅屋，识别可食的果子和有毒的果子，尤其是从他们那里学到了与森林和睦相处的艺术。

雨季过去了，苏阿尔人帮助他们在山上清道开路，并且提醒他们这一切都将徒劳无益。

尽管土著人说了这些话，他们仍然播下了第一批种子，但没过多久他们就发现这片土地是如此贫瘠。接连不断的雨水一遍遍地冲刷着土地以至于植物得不到必需的养分，没到开花就死于虚弱，或者被虫子吞噬了。

当第二个雨季到来的时候，那些如此艰苦耕作过的田地被第一场大雨冲塌了。

多罗雷斯·恩加尔纳西翁·德尔·圣迪西莫·萨哥拉蒙多·埃斯杜比尼昂·奥塔瓦罗没能挺过第二年，被疟疾折磨得皮包骨头，最后在高烧中死去。

安东尼奥·何塞·玻利瓦尔·普罗阿尼奥知道自己不能再回到以前的山村了。那些可怜的人可以原谅他的一切，除了失败。

他不得不留在这里，只有记忆相伴。他想报复这个该死的地方，这个夺走他爱情和梦想的绿色地狱。他梦见一把大火将整个亚马逊流域变成了一个火祭坛。

他在无能为力之中发现自己不了解这个密林，因此也无法仇恨它。

他学会了苏阿尔语,和当地人一起狩猎。他们猎取驼鹿、刺豚鼠、水豚、西貒、肉质鲜美的小野猪、猴子、飞禽和爬行动物。他学会了在狩猎时使用安静而有效的吹箭筒,还学会了用矛对付游得飞快的鱼。

跟他们在一起后,他抛掉了天主教农民的腼腆。他半裸着身子,避免与新来的移民接触,那些人看他就像看一个疯子似的。

安东尼奥·何塞·玻利瓦尔·普罗阿尼奥从未想过自由这个词,他在大森林里尽情地享受它。尽管他试图回忆起自己的复仇计划,然而在这个世界里他却一直感到如此惬意,以至于逐渐忘记了那个计划,而被这一片无边无际的无主的大地迷住了。

他饿了就吃,捡最鲜美的果子,放弃他觉得游得慢的鱼,他追踪一只山里的动物,当用吹箭筒瞄准它的时候,却改变了主意。

夜晚降临的时候,如果想独处,他就躺在一条独木舟下面,如果需要同伴,他就去找苏阿尔人。

这些土著人总是很高兴地接待他。他们与他分享食物和烟叶,一起长谈,轮流朝用三根木棒支起来的不灭的篝火里吐痰。

"我们怎么样?"他们问他。

"像一群猴子一样可爱,像喝醉的鹦鹉一样饶舌,像魔鬼一样喜欢大声嚷嚷。"

苏阿尔人听到这些比喻,都哈哈大笑起来,快活得放出了响亮的屁。

"那,你从哪里来?那地方怎么样?"

"很冷。早晨和傍晚简直冰冷刺骨。得穿毛料的长斗篷、戴帽子才行。"

"所以那里的人都很臭,拉屎的时候会弄脏斗篷的。"

"那倒不是。呃,有时的确会发生这种事。其实是因为天冷,我们不能像你们一样,想什么时候洗澡就能洗。"

"你们那里的猴子也穿斗篷吗?"

"山区没有猴子,也没有西貒。山区的人不打猎。"

"那,你们吃什么?"

"能吃什么就吃什么。土豆啊,玉米啊。节日里有时也吃猪或母鸡,或者在有集市的时候,吃一只豚鼠。"

"那,如果不打猎,你们干什么?"

"干活,从日出一直干到天黑。"

"真傻！你们真傻！"苏阿尔人评判道。

在这里生活了五年之后，他知道自己再也不会离开这片土地了。两颗隐蔽的尖牙向他传达了这个信息。

从苏阿尔人那里，他学会了走在密林里时整个脚掌都踩实，眼观六路耳听八方，留意每一个细微的声响，还要每时每刻不停地晃动砍刀。有一回一时大意，他把砍刀插在地上整一整装果子的背囊，当他想重新拿起砍刀的时候，感觉到有一条埃基斯蛇的灼热的尖牙刺进了他的右腕。

他终于看到了这条一米长的爬行动物，它在地上画着X，渐渐离去——它的名字就由此而来①。他迅速作出反应，跳起来用那只受伤的手挥舞砍刀，将蛇身斩成几段，直到蛇毒使他双眼一片模糊。

他摸索着找到蛇头，觉得自己快不行了，便朝着一个苏阿尔人的村落走去。

那些土著人看到他摇摇晃晃地走过来。那时他已经不能说话，舌头、四肢乃至全身都肿得厉害，似乎随时要爆裂。在失去知觉之前，他挣扎着晃了晃蛇头。

---

① 拉丁字母X在西班牙语中的名称是equis（埃基斯）。

几天以后，烧退了，他也醒了，身子还是肿着，而且浑身上下不停地哆嗦。

一个苏阿尔巫师经过一个缓慢的疗程才使他恢复健康。

草药汤减轻了他的毒，冷灰浴让他退烧，也减少了他的噩梦。每天规定吃的猴脑、猴肝、猴肾使他得以在三个星期之后就能下床行走。

康复期间，他被禁止离开村落，女人们在替他清洗身体时总是一脸严肃。

"你体内还有毒。必须得除去大部分，而留一小部分使你下一次被咬时不再中毒。"

他们给他吃大量的多汁的果子、草药汤和其他一些饮料，直到使他在不想撒尿时也要撒尿。

看到他已经完全康复，苏阿尔人就带着礼物来找他。一支新的吹箭筒、一捆标枪、一条用河珠制成的项链、一顶羽毛做的帽缨。他们朝他鼓掌直到使他明白，他已经通过了一次被最终接纳的考验，这次考验只是出于那些顽皮的神灵的任性，它们常常隐藏在蜈螂或萤火虫中，当它们想迷惑人的时候，就扮成星星指向密林里不存在的空地。

土著人一面不停地向他致敬，一面在他身上涂抹像王蛇一样的闪亮色彩，还邀请他一起跳舞。

他是屈指可数的被埃基斯蛇咬过的幸存者之一，这可得举行"蛇节"来庆祝一下。

在庆典快结束的时候，他第一次喝了"纳特马"，这是一种用亚乌阿斯加的根煮的能引起幻觉的甜酒，在酒后的梦幻里，他看到自己永远地变成了这片土地不可否认的一部分，变成了这具无垠的绿色躯体上的又一根毛发，像一个苏阿尔人一样思考、感受，他突然发现自己一身老猎手的装扮，正在跟踪一只奇异的动物，它没有形状，没有体积，没有气味，没有声音，却有着一双闪闪发光的黄眼睛。

这是一个让他留下的明晰的信号，他照做了。

后来，他结交了一个同伴——努西尼奥，一个苏阿尔人，同样来自远方，那里是如此遥远，以至于他对出生地的描述在汇入大马拉尼翁河的众多支流中迷失了。努西尼奥来到这里的那一天背部负着弹伤，这是秘鲁军队的一次传播文明的远征留下的印记。他随波逐流历经多日艰难航行后到达时，已经失去知觉，而且差点失血过多而死。

孙比的苏阿尔人将他治愈，而且等他一康复，就准许他留下，因为他们之间相近的血缘使他获得了这个特许。

他们一起走遍密林。努西尼奥很强壮，细腰宽肩，游泳赛过海豚，而且永远是一副好脾气。

经常可以看到他们一起追踪大型的猎物，分辨这只动物留下粪便的颜色，当确定能将它捕获时，安东尼奥·何塞·玻利瓦尔便守候在密林里的一块空地上，而努西尼奥则把猎物从林子里赶出来，逼着它撞到毒枪上。

有时他们替这里的移民打一只西貓换点钱，而这些钱除了用来买一把新砍刀、买一袋盐之外，别无他用。

当没有努西尼奥陪他一起打猎时，他就专门追踪毒蛇。

他知道如何吹一种尖利的口哨来迷惑蛇，使它晕头转向，然后靠近它，与它面对面，接着，用一条手臂模仿蛇的动作，把它搞糊涂，直到后来不是他模仿蛇的动作，而是被催眠的蛇跟着他动。这时，另一只手臂准确出击，手掐住受了惊的蛇的颈部，把毒牙插进一只空心的葫芦里，抵在口边，迫使它放出所有的毒液。

毒液滴尽，这条蛇的每一节都瘫软下来，再也没有力气发泄仇恨，或者它知道自己的仇恨已经毫无用处了，安东尼奥·何塞·玻利瓦尔便轻蔑地将它一把扔到树叶堆里。

毒液能卖很好的价钱。每半年，就会有一个研制抗蛇毒溶液实验室的代理人,到这里购买一瓶瓶这种致命的液体。

有时蛇被放完毒液后跑得更快了,但他不在乎。他知道它将会像只癞蛤蟆似的肿起来,还会发烧昏迷几天,但接下来复仇的时刻就将来临了。他是不会受伤害的,他喜欢在移民中炫耀他那布满伤疤的手臂。

密林里的生活锻炼了他身体的每一个细节。他有了一身像猫一样的肌肉,随着岁月的流逝它们变得越发有弹性。对于雨林,他知道的跟一个苏阿尔人一样多;作为猎手,他和一个苏阿尔人一样出色;他游泳的技术也跟苏阿尔人一样棒。总之,他就像是他们中的一员,却又不是。

由于这个原因,他每隔一段时间就得离开一次,因为他们向他解释说,他不是他们中的一员,这样好。他们想见到他,拥有他,同样也想尝一尝没有他的感觉,感受无法同他说话的悲伤和看到他又一次出现时内心欢快的激动。

狂风暴雨和风平浪静交替到来。在一季又一季中,他了解到了这个民族的种种习俗和秘密。他参加每天祭拜被压缩的敌人头颅的仪式①——他们把这几个死去的敌人奉为令人尊

---

① 希瓦罗人为了不让死者的灵魂报复,会举行缩制死者头颅的仪式。

敬的战士，陪主人们一起吟唱《阿嫩词》，这是表达他们对所接受财富的感激之情和对永久和平企盼的诗歌。

他分享了那些认为自己"离去"的时刻快要来临的老人设下的盛宴，当这些老人在玉米酒和纳特马的作用下，在幸福的幻觉中看到人们为他们打开了通往清晰可见的来世生命之门时，他便帮着一起将他们运到一个偏远的茅屋里，用最甜的桃榈蜜涂遍他们的身体。

第二天，他和他们一起收拾干净的白骨和遗留下的脏器，而老人们则被阿南戈蚂蚁无情的颚送向了另一种生命，他们一起为这些获得鱼、蝴蝶或其他智慧动物外形的新生命唱祝福的《阿嫩词》。

在他与苏阿尔人共同生活的日子里，他从不需要爱情故事，他不需要以此来了解爱情。

他不是他们中的一员，因此，不能娶土著女人为妻。但他就像是他们中的一分子，所以他的苏阿尔东道主在一个雨季请求他接受他赠送的一个女人，以使他的家族和血统有更多的荣耀。

这个被献出的女人将他领到河边。在那里，她一边唱着《阿嫩词》一边替他清洗，装扮，熏香，然后回到茅屋里躺在席子上调情：他们双脚高举，由微火慢慢烤热，他们不停地哼吟着《阿嫩词》，这种带鼻音的诗歌描述着他们躯体的美和由这种描写的魔力引发的无限高涨的愉悦。

这是一种纯粹的爱情，除了爱本身，再没有别的目的。没有占有也没有妒忌。

"没有人能绑住雷声，没有人能在被抛弃的时刻占有对方的天空。"有一次努西尼奥对他这样解释道。

看着南加里特萨河从眼前流过，他甚至会觉得时间避开了亚马逊的这个角落，然而，鸟儿们知道一条条威力无比的舌，正从西方蜿蜒前行，划过这片密林的身躯。

巨大的机器开出了一条条道路，苏阿尔人的移动增加了。他们已不再按照习惯连续三年待在同一个地方，然后迁徙，以使这一地区的自然资源得以恢复。在季与季之间，他们扛着自己的茅屋和死者的遗骨，远离那些出现在这里、逐渐侵占南加里特萨河岸的外来者。

越来越多的移民来到这里，他们被这里畜牧业和伐木业的发展承诺所吸引。随着他们一起来的还有无须仪式就可以随意喝的酒，于是，就有了意志薄弱者的堕落。尤其是得瘟疫的淘金者越来越多，这些人盲目地从各个地方来到这里，只为求得一夜暴富。

苏阿尔人不断地向东面迁徙，寻找着这片无法穿越的密林的深处。

一天早晨，当他射偏了吹箭筒时，安东尼奥·何塞·玻利瓦尔发现自己正在衰老。他也到了要"离去"的时候。

他决定在埃尔伊迪里奥定居下来，以打猎为生。他知道自己无法决定自己的死亡时刻，也无法让蚂蚁来吞食自己的躯体。何况，即使能做到，那也将是一个令人悲伤的仪式。

他跟他们一样，却不是他们的一员，因此，他不会有庆典也不会有遥远的幻觉。

一天，他正专注于修造最后一条牢固的独木舟，忽然听到来自一处河湾的巨响，这是提示他得赶紧出发的信号。

他跑到爆炸地点，见到一群苏阿尔人在哭喊。他们指给他看水面上漂浮着的一大片死鱼和一群在河滩边用火器瞄准他们的外来者。

这伙人由五个冒险家组成，他们为了得到一条河道，已经用炸药炸毁了争夺区域的堤坝，这里是鱼的产卵区。

一切都发生得很快。那些白人看到又有苏阿尔人到了这里，十分紧张，便开枪打中了两个土著人，然后，跳上船逃跑了。

他知道那些白人迷路了。苏阿尔人抄近路，在一条狭窄的小道上等着，他们就在这里很轻易地被毒标枪捕获了。然而，他们中的一个得以跳下水，一直游到对岸，消失在了密林里。

刚刚到来的他立即替两个倒下的苏阿尔人担忧起来。

其中的一个被近距离射击的霰弹打开了脑袋，已经死了，另一个胸腔破裂，濒临死亡。那是他的兄弟，努西尼奥。

"这样离去真是个糟糕的方式。"努西尼奥表情痛苦地咕哝着，用颤抖的手指给他装在葫芦里的毒药。"我无法平静地离开了，老兄。如果他的脑袋没有挂在干枯的树枝上，我将走得像一只悲伤的瞎了眼的鸟，跌跌撞撞地碰到树上。帮帮我，老兄。"

苏阿尔人围住了他。他了解白人的习惯，努西尼奥虚弱的临终遗言告诉他，报答他们救命之恩的时刻到了，该偿还他们把他从蛇毒中救出时他所欠下的债了。

他认为还债是很公平的，于是背上吹箭筒，游过了河，第一次展开了对人的追猎。

他毫不费力地发现了踪迹。这个淘金者在绝望中留下了如此清晰的足迹，以致他根本无须寻找。

几分钟之后，他找到了这个白人，他正恐惧地面对着一条沉睡的王蛇。

"你们为什么这么做？为什么要开枪？"

那人用猎枪指着他。

"希瓦罗人。那些希瓦罗人在哪里？"

"在河对岸。他们没有跟着你。"

淘金者松了口气，放下了武器，这时，安东尼奥·何塞·玻利瓦尔利用这机会用吹箭筒给了他一下。

他没射准。淘金者摇晃了几下却没有昏倒，他只好向他扑过去。

这是一个强壮的男人，但一番争斗之后，他最终还是把猎枪抢到了手。

在这之前，他从未拿过火器，但是，当他看到那人将手伸向砍刀时，他凭直觉找到了手指该放的地方，爆炸声激起了受惊的鸟儿一阵骚动。

惊讶于枪击的威力，他走到那人身边。他腹部正中两颗霰弹，痛苦地在地上打滚。安东尼奥·何塞·玻利瓦尔没有理会他的号叫，捆住了他的脚踝，把他一直拖到岸边。没游几下他就发现这个不幸的家伙断气了。

对岸，苏阿尔人正等着他。看到他游过来，他们赶紧上前将他拉出水面，接着看到了淘金者的尸体，便失声痛哭起来，他无法解释这痛哭的含义。

他们不是为这个外来者哭，是为了他和努西尼奥。

他不是他们中的一员，却就像是他们中的一员。因此，在让努西尼奥像个勇士般与死亡搏斗一番之后，由他亲手用毒标枪结束了自己兄弟的生命；中了毒后，努西尼奥所有的勇气都停留在了表情上，永远地留在他那颗被压缩了的头颅上和他那紧闭的眼睑、鼻子和嘴唇之间，永远无法逃脱。

他们是怎样压缩这颗头颅，压缩停留在一张充满恐惧和痛苦表情上的这条生命的？

因为他的错，努西尼奥将无法离去。努西尼奥将像一只瞎眼的鹦鹉，不停地撞到树上，撞到人身上，招来不认识他的人的仇恨，打扰王蛇熟睡的梦乡，像无头苍蝇似的打转，驱散被追踪的猎物。

他受到了侮辱，当他动手的时候，他就对他兄弟永恒的不幸负有了责任。

他们不停地哭着，给了他一条最好的独木舟。他们不停地哭着拥抱他,给了他一些粮食,并且告诉他,从这一刻起他不再受欢迎。他今后可以从苏阿尔人的村落经过,但他再也没有权利在那里停留。

苏阿尔人用力地推了一把独木舟,然后立即清除了他们留在河滩上的脚印。

四

五天的航行之后，他到达埃尔伊迪里奥。这个地方已经有了变化。二十来间房子整齐地排列着，形成了一条临河的街道，在街的尽头有一栋稍大一些的建筑物，正面挂着写有"镇政府"几个字的黄色牌子。

还有一个铺着木板的码头，安东尼奥·何塞·玻利瓦尔没有在那里停，而是又向下游划了一段路，直到疲劳将他指引到了他建起那间茅屋的地方。

刚开始的时候，看到他背着猎枪———一把从他可耻地杀掉的唯一一个人那里得来的十四毫米口径雷明顿式步枪———深入山中，当地人就像看一个野蛮人似的厌恶地看着他，但他们很快就发现了有他在身边的好处。

无论是移民还是淘金者都会在密林里犯各种各样愚蠢的错误。他们毫无顾忌地洗劫山林，而这种行为会得到报应：

一些兽类变得异常凶猛。

有时，他们为了得到几平方米空地，就随意砍伐，只留下一只孤零零的秃鹫，这只动物于是消灭他们的一头骡子以示报复。有时，他们在西猸的发情期愚蠢地攻击它们，这又把小野猪变成了好斗的怪兽。此外，还经常有来自石油基地的美国佬到这里。

美国佬吵吵嚷嚷、成群结队地来到这里，带着足够装备一个营的武器，扑向山林里，企图把所有的活物都消灭光。他们残忍地对待豹猫，也不管是幼崽还是怀孕的母兽，然后，开路之前，在几十张晾在木杆上的兽皮旁合影留念。

美国佬走了，留下那些兽皮渐渐腐烂，直到一只敏捷的手将它们扔进了河里，幸存的豹猫则报复性地将瘦弱的家畜开膛破肚。

安东尼奥·何塞·玻利瓦尔忙于制止移民破坏山林建设出文明人的杰出工程——荒漠。

然而，动物们没有坚持多久。幸存的物种变得更狡猾，它们像苏阿尔人和亚马逊其他文明一样，也不得不向东迁徙，进入密林深处。

安东尼奥·何塞·玻利瓦尔·普罗阿尼奥把所有的时

间都用来独处,他发现,他在会看书的同时牙齿也开始腐烂了。

他对近来发生的一些情况很担忧:他的嘴里散发出一种恶臭,还伴有持续的上颌骨疼痛。

好多次,他就这样,在鲁比昆多·洛阿恰明医生每半年来一次时,看着他工作,却从没想过要坐上这张意味着受苦的扶手椅,直到有一天实在疼痛难耐,只得爬上"诊室"。

"医生,简单点说,我已经没几颗牙了。我自己把那些实在碍事的给拔了,但后边的那几颗我弄不了。请您帮我把嘴里面清理一下,我们再商量一下这些好看的硬片片多少钱一个。"

就在这时,从"苏克雷"号上下来了两个国家公务员,当这两个人连同一张桌子在镇政府的门厅里安顿下来时,他们被当成了征收某一项新税的税务员。

镇长不得不动用他那一点点可怜的说服力把油滑的本地人拖到那张政府的办公桌前。那两个无聊的当差在这里收集埃尔伊迪里奥居民的秘密选票,用于下个月才举行的总统选举。

安东尼奥·何塞·玻利瓦尔也来到了那张桌子前。

"你识字吗?"他们问道。

"我不记得了。"

"试试吧。这里写的是什么?"

他很不自信地把脸凑向他们递过来的纸,然后惊奇地发现自己竟然能够辨认出这些黑色的符号。

"候,候,选,选,人,人,先,先,生,生,候选人。"

"知道吗?你有投票权。"

"什么权?"

"投票权。参加全国秘密选举的投票权。就是在三个竞争首席行政长官的候选人中行使民主选举的权利。懂了吗?"

"一个字都没听懂。这个权利要花多少钱?"

"老兄,这个不要钱,所以才叫权利。"

"我得投谁的票?"

"投那个要当选的人。人民的候选人阁下。"

安东尼奥·何塞·玻利瓦尔把票投给了当选者,作为行使权利的回报,他得到了一瓶伏隆特拉酒。

他识字。

这是他一生中最重大的发现:他识字。他拥有对抗衰老之毒的解药。他识字,但他没什么东西可看。

镇长勉强答应借给他一些旧报纸,他一直把它们放在很醒目的地方,以证明他和中央政权之间无可置疑的关系,可安东尼奥·何塞·玻利瓦尔却不觉得有意思。

那些反复出现的国会演讲,比如尊敬的布加朗先生断言另一位尊敬的先生精子里掺了水;或者是一篇详细报道,诸如阿尔特米奥·马特鲁纳无冤无仇的连捅二十刀杀死了他最好的朋友;或者是一篇揭露曼塔队的拥趸们阉割了一名足球裁判的报道——他实在没兴趣用这些东西来练习阅读。这一切都发生在一个遥远的世界,既无法理解,也无法想象。

一天,和啤酒箱、煤气罐一起,从"苏克雷"号上下来了一位乏味的神父,他被教会派到此地给孩子们施洗礼,还要杜绝这里的纳妾现象。这位修士在埃尔伊迪里奥逗留了三天,找不到一个人愿意带他去移民的村落。最后,主顾们的冷漠让他百无聊赖,他只得坐在码头上等着船把他接走。为了打发在这三伏天里苦等的时光,他从随身带的布袋子里掏出一本旧书,打算读到瞌睡虫战胜他的意志力为止。

神父手里的这本书像一个诱饵般勾引了安东尼奥·何塞·玻利瓦尔的眼睛。他耐心地等着,直到神父被睡意战胜,一松手书本掉落在一旁。

这是一本圣弗朗西斯科的传记，他偷偷地翻了一下，觉得自己这样做就是一次偶尔的偷窃。

他将音节一个一个组合到一起，随之，想要读懂这上面所有东西的渴望促使他压着嗓子重复已经掌握的单词。

神父醒了过来，看着将鼻子埋在书里的安东尼奥·何塞·玻利瓦尔，觉得很有趣。

"好不好看？"他问道。

"请原谅，大人。我见您睡着了，不想打扰您。"

"你喜欢吗？"神父又问了一遍。

"这里面好像写了很多关于动物的事。"他胆怯地答道。

"圣弗朗西斯科非常热爱动物，他热爱一切上帝的造物。"

"我也喜欢动物，以我自己的方式。您认识圣弗朗西斯科吗？"

"不。上帝没有给我这样的荣幸。圣弗朗西斯科很多年前就去世了。也就是说，他放下了尘世的生活，现在永远伴在造物主的身边。"

"您是怎么知道的？"

"因为我读过这本书。这是我最喜欢的书之一。"

神父抚摩着书面上破损的胶皮强调了他的话。安东尼奥·何塞·玻利瓦尔痴迷地盯着他，羡慕得心痒痒。

"您读过很多书吗？"

"读过那么几本。以前，我还年轻的时候，眼睛看不累，生吞活剥地读了所有到手的书。"

"所有的书都是关于圣徒的吗？"

"当然不是。在这个世界上有成千上万的书籍。各种语言的，各种主题的，甚至还有一些是禁止人看的。"

安东尼奥·何塞·玻利瓦尔并没有听懂他的这番评价，只是两眼直勾勾地盯着神父那双放在深色书皮上的白白胖胖的手。

"那其他书是写什么的？"

"我已经说过了。有各种主题：历险的、科学的、技术的，还有著名人士的生平传记和关于爱情的……"

最后一个主题引起了他的兴趣。他知道有关爱情的歌，特别是在小胡里奥·哈拉米约唱的舞曲里，这个可怜的瓜亚基尔人的歌声有时从电池收音机里飘出，使男人们变得忧郁起来。根据这些舞曲，爱情就像一只所有人都在寻找的无形无影的牛虻留下的叮痕。

"爱情书是怎样的？"

"这个恐怕我没法告诉你。我自己顶多只读过两本。"

"没关系。请说说,它们是什么样子的?"

"好吧,这些书都是讲两个人相识、相爱,并且为战胜阻碍他们获得幸福的困难而斗争的经历。"

"苏克雷"号的汽笛声宣告起锚的时间到了,他不敢请求神父把书留下。而神父给他留下的却是更为强烈的阅读欲望。

整个雨季他都在抱怨自己作为一个无能的阅读者的不幸,同时他也是第一次被孤独所纠缠。狡猾的孤独之虫乘虚而入,让他只能作一次次没有听众的自言自语。

他不得不去找一些读物,为此他得离开埃尔伊迪里奥。也许无须走得太远,或许在埃尔多拉多就会有人有书,他绞尽脑汁想着如何能将它们搞到手。

大雨渐渐平息了,密林里又有新来的动物栖居下来,这时他背上猎枪,带上几米长的绳索和那把磨得很锋利的砍刀,离开茅屋,进了山。

在那片白人所珍视的动物们生活的地方,他逗留了差不多两个星期。

在生长着高大植被的长尾猴栖居地,他掏空了几打椰子以布置机关。这是从苏阿尔人那里学来的,并不难。他在每一只上都开一个直径不到一英寸的口子,将里面的东西掏空,然后在另一头开一个能穿过一根绳子的洞,用一个很紧的死结在内部固定住,这样弄好了足够多的椰子。他将绳子的另一端绑在一根树干上,最后放一些卵石在椰壳里。猴子们从高处观察着他,等到他走开,就会跳下来验明椰壳里的东西。它们会抓住椰子摇晃,当听到卵石撞击发出的声音时,它们就会把一只手伸进去想掏出里面的东西。一摸到小石块,这些守财奴就会抓到手里,拼命地想把它掏出来,其结果自然是徒劳一场。

他布置好圈套,然后在离开长尾猴的栖居地之前,找到一棵很高的木瓜树,这种树被称为长尾猴木瓜树,原因是它们高得只有猴子才能摘到沐浴着阳光而变得非常甜美的果子。

他摇晃树干,直到掉下两个有着香甜肉质的果子,然后,向鹦鹉和大嘴鸟的栖居地走去。

他把两个果子放在背囊里,一边走一边寻找密林里的空地,还要避免遇上他不想见到的动物。

他穿过几个峡谷,来到一处植被茂盛的地方,这里黄蜂和蜜蜂的巢穴密布,到处都是鸟粪留下的印记。他一进入这片密林,这里就安静下来,一直持续了好几个小时,直到飞禽们习惯了他的存在。

他用藤草做了两个编得很紧的笼子，弄好之后，又找了一些亚乌阿斯加草叶。

他把木瓜砸碎，将发出香味的黄色果肉和用砍刀柄捣出的亚乌阿斯加根茎的浆汁搅拌在一起，然后，抽上一支烟，等着混合物发酵。他尝了一口，又甜又烈。他满意地离开了，来到一条小河边，在那里安营扎寨，饱餐了一顿鱼肉。

第二天，他去验收陷阱里的成果。

在长尾猴的栖居地，他看到成打的猴子想把自己紧握的拳头从椰壳里挣脱出来，它们已经被这种徒劳的努力搞得精疲力竭。他挑了三对年轻的猴子，将它们装进笼子里，然后把其余的放了生。

接着，他来到昨天留下发酵的果子的地方，看到一群鹦鹉和其他飞鸟以最无法想象的姿态酣睡着。有几只摇摇晃晃的试图走起来，还有几只拍打着不听使唤的翅膀竭力想要起飞。

他将一对金蓝相间的瓜卡马约鸟和一对沙普尔小鹦鹉放进笼子里，它们因为会学说话而身价很高。然后，他告别了其他的鸟儿，心里祝愿它们能安然无恙地醒来，他知道它们将会醉上两天两夜。

他背着战利品回到了埃尔伊迪里奥，等到"苏克雷"号的船员装完货，就向船长走去。

"我得去一趟埃尔多拉多，但我没有钱。您认识我，带上我一起走，等我卖掉这些小动物就付您钱。"

船长看了一眼笼子，挠了挠几天没刮的胡子。

"就用一只小鹦鹉抵船费吧，我可以带你一起走。很久以前我就答应给儿子一只的。"

"那好，我分一对给您，这就连回程也付清了。再说，这两只小鸟如果被分开，会因为悲伤而死的。"

在旅途中，他跟鲁比昆多·洛阿恰明医生聊天，告诉了他自己此次外出的原因。牙医听着觉得很有意思。

"可是老头，如果你想要几本书，之前为什么不交给我来办呢？我肯定在瓜亚基尔就替你弄到了。"

"真是谢谢您了，医生。不过，我还不知道自己想看哪些书呢。我知道以后就托您买。"

埃尔多拉多无论如何都算不上一个大城市。一百来间房子，绝大多数都面河排成一行，它的重要之处在于有一个警局的营房、两间政府办公室、一座教堂和一所很少有人去的公立学校。但对于四十年未曾离开过大森林的安东尼奥·何塞·玻利瓦尔来说，这就是回到了他以前熟悉的大世界。

牙医向他介绍了唯一能帮他达成愿望的人——学校的女教师，他还安排老人在学校里一间配有厨房的竹屋里过夜，为此他得帮着干一些日常的活，还要制作一本植物标本。

他把猴子和鹦鹉卖掉之后，女教师给他看了她的藏书。

他看到这么多书放在一起，十分激动。女教师有五十多卷书整齐地排放在木板橱里，他于是在新得的那只放大镜的帮助下投入了令人愉快的阅读中。

在以后五个月的时间里，他形成和增进了他作为阅读者的爱好。与此同时，他脑子里充满了疑问和答案。

在看几何课本的时候，他问自己是不是真的有必要识字，这些书里有一句很长的话，它常常在他情绪不好的时候跳出来："直角三角形的斜边是其直角的对边。"这句话日后在埃尔伊迪里奥的居民中引起了一片惊愕，他们听它就像在听一句荒谬的绕口令或一句不容争辩的背弃信仰的宣言。

历史故事在他看来是一个谎言的推论。那些脸色苍白的少爷戴着及肘的手套，穿着杂技演员的紧身裤，他们怎么可能打胜仗？只要看看他们被风吹动的精心呵护的鬓发就可以发现，这些人连一只苍蝇都打不死。因此，历史故事被排除在他的阅读喜好之外。

埃德蒙多·德·亚米契斯①和他的那本《心》几乎占据了他在埃尔多拉多逗留的一半时间。时间就这样打发了。这是一本让他爱不释手的书，即使再累，他的眼睛还是不由得往下看，然而他终于发现自己落入了一个圈套，他告诉自己，不可能有这么多苦难，不可能这么多的厄运都落到同一个人的头上。作者一定是坏到了极点，才会乐于让像伦巴第这么一个可怜的小男孩这样受苦。在翻遍了图书馆里所有的书之后，他终于找到了自己想要的一本。

弗洛伦瑟·巴尔克拉伊的《念珠》，里面有爱情，有无所不在的爱情，书里的人物历经苦难，把幸福和痛苦以一种如此美妙的方式糅合在一起，以致他的放大镜都被泪水模糊了。

女教师不太苟同他的喜好，但还是同意他带走那本书，于是他带着它回到了埃尔伊迪里奥，在窗前读了一遍又一遍，

---

① 埃德蒙多·德·亚米契斯（1846—1908），意大利作家，其小说《心》的中译本书名是《爱的教育》。

就像他现在对牙医带给他的书想要做的一样，这些书挑逗地横躺在那张高脚桌上，帮助安东尼奥·何塞·玻利瓦尔摆脱了他不愿多想的过去，打开了他的记忆之井，让那些比时间还要长久的爱情中的幸福和苦难填满其间。

五

午后的乌云刚刚聚集,暴雨就倾盆而下,几分钟之内,一臂之外就什么也看不到了。老人躺在吊床上,在漫天大雨那狂暴而又单调的噼里啪啦声中,等待着睡梦降临。

安东尼奥·何塞·玻利瓦尔·普罗阿尼奥睡得很少。晚上顶多睡五个小时,再加两个小时午睡,这对他就足够了。其余的时间他都用来看小说,用来在爱情的神秘世界里漫游,想象着那些故事发生的地方。

一读到名叫巴黎、伦敦或者日内瓦的城市,他就得费很大的劲去凝神想象它们。他只去过一次大城市——伊巴拉。他还依稀记得那里石板铺成的街道,房屋矮小的街区,那些房子整齐划一,都是白色的,还有大教堂前的武器广场,到处都是漫步的人群。

这些就是他对这个世界最为详尽的了解了,当读到在名字听上去遥远而严肃的城市如布拉格或巴塞罗那发生的故事时，他突然觉得，伊巴拉，听听它的名字就知道这不是一个会有什么惊天动地的爱情发生的城市。

在去亚马逊丛林旅行时，他和多罗雷斯·恩加尔纳西翁·德尔·圣迪西莫·萨哥拉蒙多·埃斯杜比尼昂·奥塔瓦罗还经过了另外两个城市——罗哈和萨莫拉，但他们只是走马观花，因此，他也不知道那里是否会有滋养爱情的土壤。

然而，他最喜欢的，还是想象下雪时的情景。

还是在小的时候，他见过雪，就好像一张曝晒在因巴乌拉火山边缘的羊皮，好几次他都觉得故事里的人踩在上面而毫不担心会把它弄脏，简直是不可原谅的荒唐之举。

如果不下雨，他晚上便离开吊床，下到河里去洗漱。接着煮饭，炸几片青香蕉，如果有猴子肉的话，就来上几大块下饭。

移民们却不欣赏猴子肉。他们不知道这种又老又硬的肉含有比用象草和净水喂出的没有臊味的猪肉或牛肉多得多的蛋白质，再则猴子肉需要长时间的咀嚼，尤其是换上了假牙的人，会觉得嚼了很多，肚子里却没有装进什么东西。

他用在粗铁罐里烘烤后用石头磨出来的苦咖啡下饭。他在咖啡里加了些粗制的糖使它稍有些甜味，再放几滴伏隆特拉酒使它味道更香浓。

雨季的夜晚总是更漫长，他喜欢一直待在吊床里，直到想去解手或者饿得不行了才下床。

雨季最大的好处就是：只要下河，潜进水里，搬开几块石头，在积着淤泥的河床上搅一搅，就能弄到十几只大虾做早餐。

那天早上他就是这么干的。他脱光衣服，在腰间绑一条绳子，绳子另一头牢牢地拴在一根桩子上，以防突然涨潮或者一根漂浮的树干将他冲走。他到了水位齐胸的地方就潜入水中了。

河的深处水流仍然很急，但他灵活的双手挪开了石头便在淤泥里摸索起来，直到那些虾用强壮有力的钳子夹住了他的指头。

他浮出水面，手里抓着一把狂乱挣扎的大虾。正准备上岸的时候，听到有人叫喊：

"一条独木舟！来了一条独木舟！"

他眯起眼睛想找那条船，可雨下得太大，什么都看不见。水帘不停地倾泻而下，击穿了河面，雨下得如此之急甚至连水涡都来不及形成。

会是谁呢？只有傻瓜才敢在暴雨里航行。

他听见呼喊声接连不断，隐隐约约看见几个人影奔向码头。

他穿上衣服，把虾放进茅屋门口的陶罐里，盖上盖子，然后披上一块塑料布，也朝那里走去。

看见镇长过来，大家都靠边站。胖子没穿衬衫，撑着把大黑伞，浑身冒着汗走过来。

"发生了什么见鬼的事？"镇长叫嚷着朝岸边走过来。

大家指给他看那条拴在一根桩子上的独木舟作为回答。这是那种淘金者粗制滥造的船，到这里的时候已经半沉了，全仗着是木头才漂浮的。一具尸体在船上摇晃着，喉部血肉模糊，双臂也已被撕裂。双手耷拉在船的两侧，露出被鱼啃过的手指，眼珠已经没有了。那些红色的小而强壮的飞禽，唯一能在大雨中飞行的鸟儿——山鸡，已负责夺去了他所有的表情。

镇长下令把尸体抬上来。把它放在码头的木板上后，人们由嘴巴认出了尸体。

是拿破仑·萨利纳斯，一个淘金者，前一天下午才看过牙医。萨利纳斯是少数几个没有把烂牙拔掉的人之一，他宁可用金子补。他满嘴金子，现在，雨水梳理着他的头发，而他微笑着露出一口金牙，却没有引起丝毫尊敬。

镇长用目光寻找着老人。

"又是那只豹猫？"

安东尼奥·何塞·玻利瓦尔·普罗阿尼奥俯身靠近尸体，心里却仍然惦记着被他俘获的大虾。他扒开颈部的伤口，检查了手臂上的撕裂，最后点头确认。

"见鬼，又少了一个。他也是迟早要死的。"镇长评论道。

胖子说得有道理。雨季里淘金者们都躲在他们胡乱搭建的茅屋里，等待着暴雨中短暂的间歇，或者不如说是乌云为接下来更精力充沛地倾泻雨水而稍作的歇息。

淘金者们恪守"时间就是金子"的训条，如果雨一直不肯停歇，他们就用花色模糊不清的油腻的纸牌玩"四十分"。他们相互仇恨，相互妒忌，都盼着摸到手握权杖的国王。暴雨结束后，失踪个把人是很平常的事，天晓得那几个人是被急流还是被密林中的猎食者给吞了。

有时，人们可以从埃尔伊迪里奥的码头上看到一具肿胀的尸体从涨潮冲来的树枝、树干中漂流而过，可谁也不会费心把它捞上来。

拿破仑·萨利纳斯垂着脑袋，只有撕裂的手臂表明他曾经挣扎自卫过。

镇长掏空了他的口袋，找到一张褪了色的身份证明、几个钱币、一些烟草的残渣和一只小皮袋。打开之后，数出二十颗像米粒一样小的金子。

"好了，行家，有什么意见？"

"和您一样，大人。他很晚才离开这里，喝得大醉，半路遇上了暴雨，于是靠在岸边过夜。就在那里，母兽袭击了他。尽管受了伤，他还是爬上了独木舟，但很快便因失血过多而死。"

"很高兴我们能达成共识。"胖子说。

镇长命令一个围观者替他撑着伞，好让他腾出手来，把金子分给在场的人。拿回雨伞后，他用脚把死尸推到河里，让它头朝下栽了下去。尸体慢慢地沉没，大雨使人无法看见它会在哪里重新浮出水面。

镇长心满意足地抖了抖雨伞，做出要离开的样子，看到没人跟他走，而是都看着老人，他气急败坏地朝地上啐了一口。

"好啦,戏演完了,你们还等什么?"

大家还是看着老人,要他说话。

"是这样的,如果一个人航行,而半路上天黑了,他会在哪一边靠岸过夜呢?"

"在最安全的一边,我们这一边。"胖子答道。

"正如大人您所说的,会在我们这一边。都会到我们这边来,因为如果有人把独木舟弄丢了,还有一个办法可以回到村落,可以用砍刀开路。可怜的萨利纳斯正是这么想的。"

"可,这跟现在有什么关系?"

"关系大了,您稍微想一想,就知道那只畜生也在这一边。难道您认为豹猫会在这样的鬼天气钻到河里去吗?"

老人的一番话引起了人们焦虑的议论,大家想听听镇长有什么话说。无论如何,当权者总得干些实事。

胖子觉得人们的期望就好像是一种挑战,便在黑伞下缩着过于肥胖的脖子装模作样地考虑着。雨突然间下大了,那些披在身上的塑料袋就像第二层皮似的贴在他们身上。

"那小东西离这里远着呢。你们没看见这个死鬼过来的时候是什么样子的吗?眼珠没了,身子也被动物们啃掉了一半。这可不是一时半刻里发生的事。我看不出有什么理由要怕得把屎拉在裤子上。"镇长信口开河道。

"也许吧，但尸体到这里的时候并没有僵硬发臭，这也是事实。"老人补充道。

他不再多说，也不再等着听镇长别的评论，转身离开，心里想着那些大虾是煎了吃还是煮了吃。

他走进茅屋的时候，透过雨幕可以看到码头上雨伞下镇长那孤独而肥胖的身影，好像木板上新长出来的一株又大又黑的蘑菇。

六

吃完了美味可口的大虾,老人仔细地洗净他的假牙,包在手帕里放好。随即,他收拾好桌子,把吃剩的渣壳从窗户里扔了出去,然后打开一瓶伏隆特拉酒,专心致志地看起了故事。

四周都是滂沱大雨,这天气给了他一种无可比拟的亲密感。

故事的头开得不错。

"保罗热烈地吻她,而那个同他一起去冒险的船夫朋友则假装在看别的方向,那艘有松软靠垫的贡多拉①,平稳地行驶在威尼斯的河道上。"

他把这一段大声读了好几遍。

---

① 意大利威尼斯通常用的一种小船。

贡多拉是个什么鬼玩意儿?

它们在河道里航行,大概是小艇或是独木舟之类的吧。至于保罗,显然不是个正派的家伙,因为他当着朋友、更何况还是他的同伙的面,"热烈地"亲吻那个女孩。

他喜欢这个开头。

他觉得作者一开头就把坏人交代清楚是非常正确的。这样就能免去不必要的曲折和同情。

关于接吻,书上是怎么说的?"热烈地",见鬼这是怎么干的呢?

他想起了他吻过多罗雷斯·恩加尔纳西翁·德尔·圣迪西莫·萨哥拉蒙多·埃斯杜比尼昂·奥塔瓦罗极少的几次。也许在这屈指可数的几次里,有一回他是这样吻她的,热烈地,就像小说里的保罗一样。总之,他们很少接吻,因为女人要么笑着打他,要么提醒他这样做可能是罪过。

热烈地接吻。接吻。他这才发觉自己只干过寥寥几次,而且都是跟他的妻子,因为在苏阿尔人中间,接吻是种陌生的习惯。

他们的男女之间有爱抚,全身的,他们无所谓有没有外人在场。做爱的时候他们也不接吻,女人更愿意坐在男人身上，理由是这种姿势更有快感，因此和着动作的《阿嫩词》也会变得更深情了。

不，苏阿尔人不接吻。

他也还记得有一次，他亲眼看见一个淘金者是怎样把一个希瓦罗女人灌醉的，那个可怜的女人，整天游荡在移民和探险者当中讨口甘蔗酒喝。谁有了性欲就把她逼到角落里强奸她。那个可怜的女人，喝得不省人事，对他们做的事浑然不知。这一回，那个探险者在沙滩上骑着她，拿自己的嘴去凑她的嘴。

那女人的反应像一头母兽。她推开那个男人，抓起一把沙朝他的眼睛掷去，然后跑到一边忍不住恶心地呕吐起来。

如果这样就算是热烈地接吻，那么小说里的保罗只不过是只猪猡罢了。

到了午睡的时候，他已经边想边读了差不多四页，他对自己的无能很不满，因为即使联系了也是在小说中发现的其他城市的特征，他也想象不出威尼斯的样子。

似乎威尼斯的街道都被淹了，因此那里的人们才需要坐贡多拉来来往往吧。

贡多拉。"贡多拉"这个词终于吸引了他。他想用这个词来命名他的独木舟——"南加里特萨的贡多拉"。

想着想着,午后两点的睡意包围了他,他躺上吊床,想象着那些打开家门、刚跨出一步就掉进河里的人,露出了嘲弄的微笑。

下午,又饱餐了一顿大虾后,他打算继续阅读,正准备开始,一阵喧嚷分散了他的注意力,迫使他不得不冒着大雨探出头去。

一头发了疯的骡子在小路上狂奔着,发出惊心动魄的嘶鸣,蹄子猛踹那些企图截住它的人。受着好奇心的刺激,老人披上一块塑料布,想出去看个究竟。

那些人费了九牛二虎之力才围住了这只逃跑的畜生,一边提防着它的蹄子,一边收紧包围圈。有些人跌倒了,又满身泥浆地爬起来,最后总算是拉住了它的缰绳,叫它动弹不得。

骡子的两侧被伤得很深,其中一道伤口血流如注,从头部一直撕裂到体毛稀疏的胸口。

镇长这一回没有打伞,他下令把骡子放倒在地,一枪结束了它的痛苦。这畜生挨了枪后,朝天蹬了两蹄子,就不动了。

"这是阿尔卡塞查尔·米兰达的骡子。"有人说。

其他人都表示同意。米兰达是住在离埃尔伊迪里奥七公里处的一个移民。他已经不再耕种被山林占去的土地,而是开了一间不起眼的小铺子,卖些甘蔗酒、香烟、盐和阿尔卡塞查尔①——他的绰号就是这么来的。淘金者们不想去村里的时候,就在那里买他们需要的东西。

骡子是鞴了鞍子到来的,因此可以肯定骑它的人应该就在附近的某个地方。

镇长吩咐第二天一早就去米兰达的铺子,并且让两个人将这头畜生宰了。

大雨中,刀子下得很准。砍刀插进了那畜生枯瘦的身体里,又血淋淋地拔出来,当准备再一次落下以对付某块坚硬骨头时,血水已经被暴雨冲刷得干净如初了。

切好的肉块被送到镇政府的门厅里,胖子把它们分给了在场的人。

"你,你要哪部分的,老头?"

安东尼奥·何塞·玻利瓦尔听到胖子慷慨地将他也列入

---

① 当地产的一种酒。

分配名单，回答说他只要一小块肝。

手里拎着块热乎乎的肝，他回到茅屋，身后跟着的那些人扛着骡子的头和其他一些没人要的部位，准备扔到河里去。天色渐渐暗下来，夹杂着雨声，可以听到狗儿们为了争夺那头新受害者沾满泥浆的内脏而狂吠着。

老人一边炸那块肝，加上点香料，一边咒骂那件把他从宁静里拖出来的事。他已经没法子专心看书了，总是不由得想着过几天要带队征战的镇长。

所有的人都知道镇长对他心怀怨恨，经过苏阿尔人和那个死美国佬的事之后，两人之间的过节无疑地更深了。

胖子也许会找他麻烦的，这一点他早就让他领教过了。

老人闷闷不乐地戴上假牙，嚼着干巴巴的肝块。好多次，他都听人说智慧会随着岁月的积累而降临，他等待着，深信那样的智慧会给予他最想要的东西：能够驾驭回忆，而不落入它们经常设下的陷阱。

然而，他又一次落入这个陷阱，听不见单调的雨声了。

已经是好几年前的事了，那天早上，一艘以前从未见过的船朝埃尔伊迪里奥的码头驶来，这是一条摩托艇，能舒适地坐下八个人，两人一排，而不像乘独木舟时那样坐成僵硬的一条线。

四个美国人坐着这艘新式的船来到这里,他们带着照相机、干粮和一些用途不明的器械。在那几天里,他们一直对镇长阿谀奉承,给他灌威士忌"迷魂汤",直到胖子得意洋洋地带着他们来到他的茅屋前,介绍说他是最熟悉亚马逊地区的人。

胖子一身酒气,不停地称他为"朋友""伙伴",而那些美国佬则给他们照相,不仅照他们,还拍下所有出现在他们照相机前的东西。

他们未经允许就进了屋,其中一个,大笑一阵后,坚持要买下他与多罗雷斯·恩加尔纳西翁·德尔·圣迪西莫·萨哥拉蒙多·埃斯杜比尼昂·奥塔瓦罗的合影。那个美国佬居然敢把那张相片摘下来,塞进自己的背包里,同时在桌上放下一沓钞票作为交换。

老人好不容易才控制住怒火,吐出话来。

"请您告诉那个婊子养的,要是不把相片放回原来的地方,我就把这猎枪里的两颗子弹赏给他,打飞他的蛋。听着,我的枪一直是上膛的。"

那些闯入者听得懂西班牙语,不需要胖子给他们详述老人的意图。胖子只得友好地请求他们谅解，他解释说在这里纪念品是神圣的，别惹那个老人生气。事实上厄瓜多尔人，尤其是他本人，是很崇敬美国人的，如果要带走些纪念品的话，他可以负责提供。

老人把相片挂回原处后，就立即握住猎枪的扳机，将他们逼出门外。

"死老头子，你要把我的一桩大生意弄丢了！我们两个要丢掉一桩大买卖了。他已经把相片还给你了，你还想怎么样？"

"让他们滚。我不和不懂得尊重别人的家的人做生意。"

镇长还想再说点什么，可看到来客们临走时做出鄙夷的表情，大怒起来。

"要滚的人是你，臭老头子。"

"我是在自己家里。"

"哦，是吗？你就从来没有问过自己，你造这狗窝的地面是归谁的？"

这一问叫安东尼奥·何塞·玻利瓦尔着实地吃了一惊。他是有过一张签署过的文件证明他是两公顷土地的所有者，但那块地在往上游几里的地方。

"这里不属于任何人。它没有主人。"

镇长发出了胜利的笑声。

"那你可就错了,所有土地连同这条河,从河岸起往里一百米,都是国家的。不要忘了,在这里,我就是国家。我们下次再说吧,你对我做的这些事我是不会忘记的,我可不会轻易饶人。"

老人真想扣动扳机朝他开枪。他甚至想象那两颗子弹穿进他肥大的肚皮里,在将他掀翻的一瞬间带着他的内脏和背上的肉喷射出来。

胖子看到老人怒火中烧的眼睛,觉得最好还是赶紧躲远点,便匆匆忙忙地去追赶那队美国人。

第二天,那艘船离开了码头。船上多了几个人,除了原先那四个美国人,还加上了由镇长推荐的熟悉热带雨林的一个移民和一个希瓦罗人。

安东尼奥·何塞·玻利瓦尔·普罗阿尼奥备好了猎枪,等着胖子的到来。

胖子没到茅屋来,来的却是奥内森·萨尔穆迪奥,他八十来岁,是比尔卡班巴人。由于都是山区人,这个老人待他格外亲热。

"出什么事了,老乡?"奥内森·萨尔穆迪奥招呼道。

"没什么,老乡。会有什么事呢?"

"我知道有事,老乡。那个鼻涕虫也来求我陪美国佬进山,我好不容易才说服他,我这把年纪没法去很远的地方了。那鼻涕虫拼命地拍我马屁,反复跟我说,如能与我同行,美国佬会觉得很开心,因为他们认为我有一个美国名字。"

"怎么会呢,老乡?"

"不过确实如此。奥内森是美国佬信奉的一个圣徒的名字,他们的钱币上就有,是分开写的,末尾还加个字母 t,是 One-cent①。"

"我觉得你来这里可不是为了跟我说你的名字,老乡。"

"当然不是。我来是要告诉你得小心点。鼻涕虫对你怀恨在心。他当着我的面请求美国佬回到埃尔多拉多之后,同警察局局长讲,让他派两个乡警来。他想端掉你的房子,老乡。"

"我有的是子弹对付他们。"老人信心不足地拍胸担保。接下来的几个晚上,他都没有睡好觉。

---

① 奥内森写作 Onecen,one cent 是英语,意为"一美分"。

一个星期之后，当他看见那艘摩托艇出现的时候，才算得到了治愈失眠的灵药。他们的到岸并不体面。他们撞上了码头的桩子，而且也不急于卸货。这一回只来了三个美国佬，一上岸，就立即去找镇长。

不一会儿，胖子以和解的姿态前来拜访老人。

"你看，老头，基督徒只要谈话就会相互理解。我对你说过的可都是真的。你的房子建在国家的地皮上，你没有权利继续住在这里。本来，因为非法占有，我是应该逮捕你的，可我们是朋友，就好像一只手洗另一只，两只手洗屁股，我们应该互相帮助才是。"

"那您想要我做什么呢？"

"首先，你得听我说，我先告诉你出了什么事。第二天宿营的时候，那个希瓦罗人靠两个威士忌瓶子抢劫了他们。你是知道那些野蛮人的，他们只想着偷抢。那个移民跟他们说，抢好了，没关系。美国佬们想走到更深处，给苏阿尔人拍照。我真不明白这些赤条条的印第安人有什么能让他们这么喜欢的。事情是这样的：那个移民没出任何问题就把他们带到了亚宽比山脉附近，据他们说，就在那里，猴子袭击了他们。我没有完全听懂他们的话，因为他们来的时候都歇斯底里的，而且所有的人同时说话。他们说猴子杀死了那个移民和他们中的一个，我没法相信，什么时候见过猴子杀人的？再说，只要一脚就能解决一打。我实在搞不懂。我觉得是希瓦罗人干的。你说呢？"

"您知道苏阿尔人是不愿意惹麻烦的。我肯定他们连一个苏阿尔人都没见到。如果像他们说的，那个移民一直把他们带到亚宽比山脉，要知道苏阿尔人离开那里有一段时间了。您也该知道猴子会攻击人，它们的确很小，可上千只猴子就能撕碎一匹马。"

"我还是不明白。那些美国佬又不是去打猎，他们连武器都没带。"

"您不明白的事情多着哪，而我在山里待过很多年。听着，您知道苏阿尔人要怎样才能进入猴子的领地？首先他们要摘掉所有的饰物，绝不做出任何会引起它们好奇的举动，而且还要在砍刀上抹烧焦的棕榈树皮。您想想，那些美国佬，带着照相机、手表、银链，还有他们鞋上的搭扣、银制的小刀，这些对猴子的好奇心都是闪闪发光的挑逗。我熟悉它们的地盘，知道它们是怎么干的。我可以告诉您，如果有人忽略了一个细节，如果他随身带的任何一样东西引起了一只猴子的好奇，这只猴子就会从树上下来拿，而这件东西，不管是什么，都最好给它。要是这个人反抗，猴子便会尖叫着迅速跑开，几秒钟之后，就会有几百只几千只愤怒的毛茸茸的小魔鬼从天而降。"

胖子一边听着，一边擦汗。

"我相信你。可是你也有责任，因为你当初拒绝陪他们做向导，和你在一起他们就不会出事了。他们是带着总督的介绍信来的。我是彻底卷到这桩麻烦里去了，你可得帮我脱身。"

"即便我去了，他们也不会听我的。美国佬总是自以为是。不过说到现在，您还没告诉我，您要我做什么。"

镇长从口袋里掏出一只脏兮兮的威士忌瓶子，请他喝上一口。老人只是为了尝尝味道才接受他的邀请，却立即为自己这种像猴子似的好奇感到羞愧。

"他们想派人去给同伴收尸，我向你发誓他们会出个好价钱的，而你是唯一能办到的人。"

"好吧，可我不参与你们的交易。我把那个美国佬的残骸给您带来，您就让我过安生日子吧。"

"那当然，老头。就像我说过的，基督徒只要谈话就会相互理解。"

老人没费多大劲就到了美国佬第一天宿营的地方，他用砍刀开路，到了亚宽比山脉，那里是密林里的高地，盛产野果，是好几群猴子的地盘。在那里，不需要寻踪觅迹，美国佬逃跑时丢下了这么多东西，他只要顺着这些东西走就能找到那两个倒霉鬼的残骸了。

他先找到了那个移民，从缺了牙的头盖骨认出了他，在离他几米远的地方，是那个美国佬。蚂蚁们完美无缺地完成了它们的工作，留下像石膏似的光秃秃的骨头。那美国人的骨架正接受着蚂蚁最后的眷顾，它们一根一根地搬运着他淡黄色的发丝，像一群微型的伐木工在搬运铜色的树木，它们要用这些毛发去加固蚁窝外锥形的入口。

老人慢慢地走过去，点了一支烟，边抽边看着这些对他的在场无动于衷的昆虫劳动。听到来自高处的一阵响动，他忍不住哈哈大笑起来。一只小猴子坚持不懈地背着一个照相机，却被这只重家伙拽着掉下了树。

他抽完烟，用砍刀帮蚂蚁们剃光了那个头颅，然后把骨头装进一个大口袋里。

他只能带走那个不幸的美国佬的一样东西：那条猴子们

没能解开的有马蹄形银搭扣的腰带。

回到埃尔伊迪里奥,他交还了遗骸,镇长总算是让他安宁了。他得好好保护这份安宁,因为全靠它,他才会有那些愉快的时光:面对河流,站在高脚桌旁,断断续续地读着爱情故事。

然而这份安宁再次受到了威胁:镇长将强迫他参加这次征伐,因为在密林里的某个地方潜伏着几只尖利的爪子。

七

披着透出乌云的第一缕隐约可见的晨曦,这队人集合上路了。他们赤着脚,裤腿卷到膝盖,在泥泞的小路上跳跃前行,一个接一个地到了镇长家。

镇长吩咐他的女人给他们端上咖啡和油炸的青香蕉片,自己则分发猎枪的弹药。每人三个双管弹匣、一包烟、火柴,脖子上还挂一瓶伏隆特拉酒。

"所有这些都是国家给的。回来以后你们得在我这里签个收据。"

这些人一边吃东西,一边往肚子里灌下这一天的头几口酒。

安东尼奥·何塞·玻利瓦尔·普罗阿尼奥与人群保持着一段距离,没去碰那个白铁盘子。

他早就吃过了,他知道身子太沉对狩猎十分不利。猎人总是得保持一点饥饿感,因为饥饿使感觉更敏锐。他用石头反复磨着砍刀,不时地往刀刃上吐口水,然后眯起一只眼睛,检查这把磨好的铁器是否完美无缺了。

"您有什么计划?"有人问道。

"我们先去米兰达那里,到时候看情况再说。"

胖子确实没什么战略头脑。装腔作势地检查了他那些为当地人改装的史密斯和卫森①式的装备之后,他钻进一件蓝色油布雨衣。这样一来,他的身体就更没有棱角了。

四个人都一声不吭。他们快活地看着他像一只生了锈而关不紧的水龙头一样不停地出汗。

"等着看吧,鼻涕虫,你会发现雨衣是多么温暖。但愿你在里面连你的蛋都给烤熟。"

除了镇长,所有的人都赤着脚。他们已经给草帽套上了塑料袋,香烟、火柴和弹药都放在了上过胶的帆布挎包里,猎枪斜挎在背上。

"对不起,我多嘴,橡胶靴会妨碍您走路的。"一个人说。

胖子装作没听见,下令出发。

---

① 史密斯和卫森公司,美国武器生产公司,尤以制造手枪闻名。

队伍走过埃尔伊迪里奥最后一户人家，进入了雨林。里面雨下得小一些，但不时有很粗的水柱落下。雨水无法穿过浓密的植物顶层，就聚积在叶片上，当叶子到了承重的极限时，稍一倾斜，雨水就浸着各式芳香直泻而下。

他们走得不快，因为有泥塘，还有重新长出覆盖了狭窄小道的枝叶和植物。

为了更顺利的前进，他们分组行动。前面，两个人用砍刀开路；中间走的是里外湿透、喘着粗气的镇长；后面，另外两个人负责削去从先遣队砍刀下逃脱的枝蔓。

安东尼奥·何塞·玻利瓦尔就是其中一个殿后的人。

"给猎枪装弹。有备无患。"胖子命令道。

"为什么？干子弹最好放在包里。"

"这里由我指挥。"

"是，大人。不管怎样，弹药都是国家的。"

随行的人假装给猎枪装上子弹。

走了五个小时，才前进了一公里多一点。行进不断中止，全因为胖子那双胶皮靴。每过一段时间，他的两只脚就会陷进冒泡的泥塘，似乎淤泥想吞掉他这身肥肉。于是开始了拔脚的战斗，他笨拙地扭动着双脚，却只能越陷越深。其他人拽着他的腋窝往上拖。没走出几步,镇长就又陷了下去,一直沉到膝盖处。

突然,胖子掉了一只靴子。那只光脚丫看上去又白又嫩,但为了保持平衡,他一脚踩进吞没他靴子的洞旁边。

老人和他的同伴帮忙把他拽出来。

"我的靴子,给我找靴子。"胖子下令道。

"我们跟您说过这玩意儿会碍您的事。那只靴子不会再出现了。像我们这样踩着落枝走吧。赤脚更舒服,又能走得快。"

镇长气呼呼地弯下腰,想用手挖掉烂泥。结果只能是徒劳无功。他刚抓起一团冒泡的黑泥,泥塘表面就立刻恢复了原状。

"我要是您,就不会这么做。谁知道是什么鬼东西正在下面幸福地睡大觉呢。"一个人说。

"没错,比方说蝎子。它们在雨停之前都一直埋在泥里,而且不喜欢有人打扰。它们可都是臭婊子的脾气。"老人补充道。

镇长跪在地上,仇恨地看着他们。

"你们以为我会相信这种鬼话?你们想拿老太婆的故事来

吓唬我?"

"不,大人。请稍等一会儿。"

老人砍下一根树枝,在顶端开了一个岔,然后把它反复插进冒泡的泥浆里;最后将它取出,用砍刀仔细地将它刮干净,一只成年的蝎子落到了地上。它浑身是泥,但即便如此,仍然可以看见它高高翘起的毒尾巴。

"看到了吗?您出了这么多汗,都是咸的,这可是会引来虫子的。"

镇长没有回答。他失神地看着这只试图重新潜入安静的泥塘里的蝎子,掏出左轮手枪,把六颗子弹全朝它打去。然后他脱掉另一只靴子,将它扔进了枝叶丛中。

胖子赤了脚之后,行进速度稍有加快,但上坡时总要浪费时间。所有人都毫不费力地上去了,然后停下来看着镇长四足并用,进两米退四米。

"屁股着地,大人。看我们是怎么做的。落脚前先把腿分开。您小腿分得还没膝盖宽呢,这可是修女在鸡笼前的走法。把腿分开点,屁股着地。"他们冲他喊。

胖子眼里充满了愤怒,想照自己的方法爬上去,但他圆滚滚的身体一次次地辜负了他。最后,人们只得用胳膊结成一串，把他拽了上来。

下坡就快多了。镇长趴在地上，要么脸朝天，要么背朝天。他总是第一个下来，身上裹着泥和枯枝败叶。

下午，天上又聚集了厚厚的乌云。黑暗再次笼罩了整个密林，他们看不见乌云，却能够想象得到。

"我们不能再走了。什么都看不见了。"镇长说。

"大人英明。"老人回答道。

"好吧，那我们就停在这里。"镇长下令。

"你们待在这里，我去找个安全的地方。我很快就回来。你们抽烟给我指引回来的路。"老人说着把猎枪交给他们中的一个人。

老人消失在了黑暗中。大家留在原地，用手护着火星抽起了硬叶烟。

不久老人就找到了一块平地。他用步子丈量了大小，又用刀刃试了试植物的质地。砍刀突然反馈给他一声金属的声响，老人满意地舒了口气。他凭着烟草的气味回到了队伍，告诉大家他已找到一个过夜的地方。

队伍到达了那块平坦的空地。两个人负责砍野香蕉树的叶子，用它们铺好地面，然后很满意地喝了一口应得的伏隆特拉酒。

"可惜不能点篝火。有了火我们会更安全。"镇长抱怨道。

"这样更好。"一个人说。

"我不喜欢这样。我不喜欢黑暗。连野人都用火自卫。"胖子辩解道。

"您看，大人，我们是在一个安全的地方。如果那只母兽就在附近，我们看不见它，但它也看不见我们。如果我们点起火，就给了它看见我们的机会，我们却因为火光耀眼而看不见它。您放心，赶紧睡吧。我们都需要好好睡一觉了。哦！对了，我们尤其要避免讲话。"

大家都赞成老人的话，简短地询问了几句后，开始安排值班的顺序。老人第一个，然后由他叫醒下一个。

跋涉的辛劳使人们很快进入了梦乡。他们缩成一团，蜷着腿，脸上盖着帽子。平静的呼吸没有打断雨声。

安东尼奥·何塞·玻利瓦尔两腿交叉背靠树干坐着。他不时地抚摸一下刀刃，仔细聆听着丛林里的声音。接连不断的巨大物体的落水声说明他们离一条河的支流或一条涨潮的小溪很近。雨季，暴雨将成千上万的昆虫冲下树枝，这为鱼儿提供了一顿顿盛宴，它们满意地典着吃撑的肚子，快活地跃出水面。

他回忆起第一次看到河鱼的时候。那是很多年前的事了，当时他还只是一个雨林的学徒。

一个出猎的下午，他觉得浑身汗臭难忍，走到溪边的时候，决定跳进去洗一洗。幸亏一个苏阿尔人及时发现并大声警告他。

"别进去，危险。"

"有食人鱼吗？"

苏阿尔人告诉他没有。食人鱼只聚集在幽深而平静的水里，从来不会出现在湍急的水流中。它们很笨拙，只在饥饿或血腥味的驱使下才动作迅猛。他从未栽在食人鱼手里过。他从苏阿尔人那里学到：只要用橡胶树的树胶涂满全身，就足以驱散食人鱼。这种树胶很蜇人，像是要揭起一层皮似的，但一浸到水里就不痒了，食人鱼一闻到这气味，便立刻散开。

"那东西比食人鱼还可怕。"苏阿尔人边说，边示意他朝自己手指着的河面看去。他看见一条一米多长的黑影迅速地滑过。

"这是什么？"

"一条麦皇鲇鱼。"

这是一种大鱼。后来，他曾捕获过一些长达两米、重达七十多公斤的麦皇鲇鱼。他也知道它们没有敌意，却有致命的友善。

当看到水里有个人，它们便会凑上去甩动尾巴同他玩耍，那巨大的鱼尾能轻易地劈断人的脊梁骨。

他听到水中不断地传来沉重的声响。那可能就是一只饱食了白蚁、蝗虫、蟋蟀、蜘蛛或暴雨冲来的小羽蛇的麦皇鲇鱼。

那声音在黑暗中充满活力，就像苏阿尔人所说的："白天，人和森林。晚上，人是森林。"

他愉快地听着，直到声音停止。

接替他的人走上前来。他骨头嘎吱作响地伸着懒腰，走到老人身旁。

"我睡够了。去吧，睡我床上，被窝还热着呢。"

"我不累。我想天亮再睡。"

"水里有东西在跳，是吗？"

老人正想跟他讲鱼的事，丛林里传出的一声声响打断了他。

"听见了吗？"

"别出声,别出声。"

"会是什么?"

"不知道。但是个大家伙。你去叫醒其他人,不要出声。"

那个人还没站起来,两个人就被一道银光刺了一下,光线照在潮湿的植物上更加耀眼。

是镇长,他听到动静,就点了灯走过来。

"把灯灭了。"老人压着嗓门厉声地命令道。

"为什么?那边有个东西,我想看看是什么。"胖子回答,他一边提起灯向四周照了一圈,一边握住了枪柄。

"我跟您说把这该死的玩意儿关了。"老人一把扔掉了灯。

"你以为你是什么东西……"

胖子的话在剧烈的翅膀拍打声中窒息了,接着一团臭烘烘的东西落在人群中。

"您干的好事。我们必须现在就离开这里,否则,蚂蚁就会赶来和我们争夺新鲜粪便了。"

镇长不知该作何反应。他摸索着找到提灯,又摸索着跟上队伍离开了他们过夜的地方。

大家措辞谨慎地咒骂胖子的愚蠢,又不让他听出其中羞辱的分量。

他们走到一片林中空地，正赶上一场大暴雨。

"刚才怎么啦？刚才是什么？"胖子止步问道。

"粪便。您没有闻到吗？"

"我知道是粪便。我们是在一群猴子下面吗？"

一束微光照出了人和丛林的轮廓。

"这可能对您有点用，大人，在密林里过夜时应该挨在烧焦或石化的树旁，上面挂着蝙蝠，它们可是最好的警报信号。昆虫们听到我们刚才听到的声音，就会朝相反的方向飞，这样我们就知道声音是从哪里来的了。可您呢，又点灯又嚷嚷，把它们都吓跑了，还让我们淋了一头粪。跟所有的啮齿类动物一样，蝙蝠非常敏感，哪怕听到最小的危险信号都会排空体内的东西以减轻体重。来，把脑袋擦擦干净，如果您不想给蚊子咬的话。"

镇长学着其他人的样子，弄掉身上的臭粪。这时，光线已经足够亮，可以继续前进了。

他们一直向东走了三个小时，避开了张着口迎接新鲜雨水的小河、沟壑和林中空地。走到一个大湖边，他们停下来吃点东西。

大家把果实和虾摆到一起，但胖子拒绝生吃。他裹在蓝油布雨衣里，冷得发抖，还不停地抱怨不能生火。

"我们快到了。"一个人说。

"是的。但我们要兜个圈子，从后面进去。虽然沿河走然后从前面进去更容易，但我突然想到，那只畜生很聪明，可能会出其不意地袭击我们。"老人说。

大家表示赞同，就着食物喝下几口伏隆特拉酒。

看到胖子向不远处走去，消失在一棵灌木后面，他们用胳膊肘相互抵了抵，说：

"那位阁下不想给我们看他的屁股。"

"他那么蠢，会把蚂蚁窝当成茅坑蹲。"

"我打赌他会要手纸擦屁股的。"另一个笑着说。

他们在背后取笑着鼻涕虫——他们总是在他不在场时这么叫他。笑声突然被打断了，先是胖子的一声惊叫，紧接着是一串急迫的枪声。六发子弹，左轮枪一下子就被慷慨地打空了。

镇长出现了，边提裤子，边喊他们过去。

"快来！快来！我看见它了。刚才就在我后面，准备袭击我，我好像打中了它几枪。快来！大家一起把它找出来！"

大家备好猎枪，朝胖子指的方向冲过去。他们沿着一条让胖子欣喜若狂的显眼的血迹来到了一头美丽的动物身旁，它长长的鼻子在做着最后的喘息。它美丽的带斑点的黄色皮毛上浸染着鲜血和烂泥。它瞪大眼睛看着这群人，鼻子里发出微弱的气息。

"这是头蜜熊。您开那破枪前不先看看清楚？杀死蜜熊会带来厄运的。大家都知道，连白痴都晓得森林里没有比它更不会伤人的动物了。"

大家为这只动物的命运难过得直摇头。胖子无法替自己开脱，只得给枪重新上了子弹。

正午已过，他们看到一块写着"阿尔卡塞查尔"的褪色的牌子，米兰达的铺子到了。那是一块蓝色的矩形黄铜牌子，上面的字迹模糊难辨，店主将它高高地钉在茅屋旁的树上。

他们进门没几步就发现了那个移民的尸体。他背朝天，两道抓痕从肩头一直延伸到腰部。后颈骇人地豁着，露出了喉管。

死者俯卧在地上，手里还握着一把砍刀。

大家顾不得欣赏在夜间用枝叶建起桥梁搬运尸体的蚂蚁高超的建筑技艺，把尸体拖到了店铺里。屋子里，一盏碳灯微弱地燃烧着，散发出脂膏烧焦的臭气。

走近煤油炉,人们发现了臭气的源头。炉子还是温的,已经耗尽了最后一点燃料,连捻子都烤焦了。煎锅里还有两条烧焦了的蜥蜴尾巴。

镇长看着尸体。

"我不明白。米兰达是这里的老手,从来不会有人把他和胆小鬼联系起来。可他当时似乎极度惊恐。他听见豹猫叫为什么不关门?猎枪就挂在那里,他为什么不用?"

其他人也提出类似的问题。

镇长脱下油布雨衣,里面积着的汗水如瀑布般将他从头到脚都淋湿了。大家一边看着尸体,一边抽烟喝酒,其中一个人全神贯注地在修理炉子,在胖子的许可下,他们还打开了几个沙丁鱼罐头。

"他可不是个坏人啊。"

"自从妻子离开他之后,他就一直一个人过,比盲人的拐棍还孤单。"

"他有亲戚吗?"镇长问。

"没有。他是和兄弟一起来的,但好几年前,他兄弟就得疟疾死了。老婆跟一个流浪摄影师跑了,据说现在住在萨莫拉。船长可能知道她的下落。"

"我想开这个铺子能挣些钱。谁知道他用这钱都干什么了?"胖子又插嘴问道。

"钱?他都用来玩纸牌了,剩下的一点点只够添些日用品。恐怕您还不知道吧,这里就是这样的。这就是包围我们的丛林。如果没有固定的目的地,我们就会不停地兜圈子。"

大家怀着一种玩世不恭的自豪感颔首赞成。这时,老人进来了。

"外面还有一具尸体。"

大家急忙跑出去,被雨淋得湿透,他们找到了第二具尸体。他背着地,裤子褪到了下面。肩上有抓痕,喉咙豁开的样子他们已经很熟悉了。砍刀插在离尸体不远处的地上,表明他还没来得及用上。

"我想我明白了。"老人说。

大家围拢来,从镇长的目光中可以看出,这个胖子正紧张地搜肠刮肚也想得出一个解释。

"死者普拉森西奥·普尼扬是个不太爱露面的人。他好像准备和米兰达一起吃饭。看见蜥蜴尾巴了吗?那是普拉森西奥带来的。这一带没有这种动物,他可能花了好几天才在深山里打到的。您不认识他,他是个采石人。他不像大多数傻瓜那样跟着金子跑，他确信在山林的最深处能找到祖母绿宝石。我记得曾听他说起过哥伦比亚和像拳头一样大的绿宝石。可怜的家伙，那个时候他想拉屎，就出了门，就这样给那只母兽逮住了。他蹲着靠在砍刀上。可以看出它是从正面袭击的，爪子嵌入他的肩膀，牙齿扎进了他的喉管里。米兰达一定是听到了声响，他可能目睹了最悲惨的一幕。于是一心只想要跳上骡背逃走。可正如我们看到的，他没能跑多远。"

一个人把尸体翻了个身。余下的粪便还沾在背上。

"幸亏他拉完了。"这个人说，然后把尸体脸朝下，让连绵不绝的大雨洗净他在这世上最后一次活动的痕迹。

八

下午其余的时间里他们都忙于处理尸体。

他们把尸体面对面地裹在米兰达的吊床里，以免他们在进入永生之时形同陌路，然后他们把裹尸布缝了起来，在四个角上各绑一块石头。

他们把袋子拖到附近的一个沼泽边，抬起来，晃了几下，借着动力，把它抛到了沼泽里的芦苇和玫瑰丛中。袋子咕噜噜地下沉，拖着一些植物和受惊的蛤蟆没入水中。

当黑暗笼罩了雨林的时候，他们回到了铺子，胖子布置守卫工作。

先由两个人守夜，四个小时后，由另外两个人接替他们。而他自己则一觉睡到天亮。

临睡前，他们煮了米饭加香蕉片，吃过晚饭后，安东尼奥·何塞·玻利瓦尔把他的假牙清理干净，放在手帕里包好。

他的同伴们看见他迟疑了一会儿,然后惊讶地看着他把那个硬片重新装了回去。

老人值第一轮班,他拿走了煤油灯。

和他一起守夜的同伴迷惑地看着他用放大镜扫过那些整齐地排列在书上的符号。

"你真的识字,老兄?"

"就一点儿。"

"你在看什么呢?"

"一部小说。不过请你别说话。你一说话,火苗就会晃动,字母也会在我眼前晃动。"

那个人便走得远远的,免得妨碍他,但看到老人如此专注于书本,他再也无法忍受自己的置身事外。

"讲什么的?"

"爱情。"

老人的回答又一次激起了这个人的兴趣,他靠了上去。

"你可别他妈的胡说。有没有又有钱又骚的娘们儿?"

老人猛地合上了书,灯上的火苗都颤动起来。

"不,它讲的是另一种爱情。令人痛苦的那种。"

那人很失望,耸了耸肩走开了。他卖弄地灌了一大口酒,然后点燃一支烟，开始磨他的砍刀。

在石头上磨过后，他再往金属上啐了一口唾沫，然后用一个手指的指肚来回试验刀锋。

老人继续干自己的事，不去理会石头同铁片摩擦发出的刺耳噪声，他低声咕哝着那些词，好像在做祈祷一般。

"喂，你读响一点行吗？"

"当真？你感兴趣？"

"当然了。在罗哈，有一次我去电影院，看了一部墨西哥电影，爱情的。老实跟你说，老兄，我流了不知多少眼泪。"

"那好，我可得从头给你念起，让你知道谁是好人、谁是坏人。"

安东尼奥·何塞·玻利瓦尔把书翻回第一页。这一页他已经看过好多遍，都记住了。

"保罗热烈地吻她，而那个同他一起去冒险的船夫朋友则假装在看别的方向，那艘有松软靠垫的贡多拉，平稳地行驶在威尼斯的河道上。"

"别读那么快，老兄。"一个声音说。

老人抬起头。三个人围在他身边，镇长远远地躺在一大堆口袋上休息。

"有些词我不懂。"刚才说话的那个人指出。

"你全明白吗?"另一个人问。

于是老人用他的方式,对一些陌生的词做起了解释。

经过了几个小时的交换意见,又穿插着一些火辣辣的轶事,关于贡多拉船夫、贡多拉船以及那热烈的亲吻已经有了点眉目。但是,他们无论如何也弄不明白那个人们用船来往的城市的奥秘。

"不知道那里是不是雨下得很多。"

"或者有许多泛滥的河流。"

"他们的日子过得肯定比我们更湿。"

"你们想象一下。一个人喝了点酒,想到屋外去撒泡尿,他看到了什么?鱼脸的邻居呆呆地盯着他看。"

大家笑着,一边抽烟喝酒。镇长在他的床铺上翻来覆去地睡不着。

"告诉你们,威尼斯是一座建在水上的城市,在意大利。"这个失眠的人在角落里吼道。

"是吗!要么那些房子是像木筏一样浮在水面上的。"一个人说。

"如果是这样,那么,那些小船有什么用呢?他们可以带房子走来走去，就像船一样。"另一个人发表意见道。

"真是一帮蠢货！房子都是固定的。甚至还有宫殿、教堂、城堡、桥梁和供人们行走的街道。所有的建筑物都有石头地基。"胖子说明情况。

"您是怎么知道的？您去过那里吗？"老人问道。

"没有。但我受过教育。也许正因为这样，我才是镇长。"胖子的解释把事情弄复杂了。

"如果我理解得没错的话，大人，那些人有会漂的石头，肯定是浮石之类的东西，但是，即使是这样，如果一个人用浮石造了一座房子，它不会漂浮，肯定不会的。我肯定他们是在下面垫了木板。"

镇长用手抱住了脑袋。

"你们真是一帮蠢货！唉，一帮蠢货！想想你们要干什么。你们已经染上了热带雨林的思维方式。基督也无法把你们从愚蠢中解脱出来。对了，还有一件事，从今以后你们别再叫我大人，自从听了那个牙医这么叫，你们就抓住这个词不放。"

"那您想让我们怎么称呼您呢？对法官，要称呼法官大人；对神父，要称呼神父大人；对您，我们总得用某种方式来称呼吧，大人。"

胖子还想说些什么，但老人用一个手势制止了他。大家都明白了，伸手拿起武器，熄了灯，等待着。

从外面传来身体悄悄移动时发出的轻微响动。它的脚步没有发出声响，但它的身体贴着矮小的灌木和枝叶，挡住了雨水，而当它前进时，被挡住的水重新泻下来。

这具行动的躯体在铺子四周画出了一个半圆。镇长爬到老人身边。

"是那畜生？"

"是的，它闻到我们的气味了。"

胖子突然直起身子。他不管周围漆黑一片，冲到门边，朝着密林乱射一气，把左轮手枪里的子弹打了个精光。

其余的人点亮了灯，摇着头不愿发表任何评论，只是看着镇长重新上子弹。

"全因为你们的过失，让它给跑了。就因为一个晚上像一帮娘娘腔似的谈论那些愚蠢的话题，却不轮流值班。"

"真看不出您是受过教育的，大人。那个畜生把所有人都当做了对头。应该让它再走近些，直到算出它离我们有多远，本来它再走两步，我们就开枪了。"

"哟，你们真是万事通。没准儿我还打中它了！"胖子辩解道。

"如果您愿意，就去看看吧。还有，如果有蚊子咬您，您可别用枪打死它，因为这样做会驱散我们的睡意。"

天亮时，借着从树顶缝隙透出的微弱光线，他们出发到附近查看。雨水并没有抹去那只动物留在植物上的压痕。枝叶间也没有看到血迹，它的脚印却在山间密林中渐渐消失了。

他们回到茅屋，喝起了清咖啡。

"我最不喜欢的事就是那只畜生在离埃尔伊迪里奥不到五公里的地方打转，一只豹猫走完这么一段路要用多久？"镇长问道。

"比我们要快。它有四条腿，能跃过溪流，而且还不穿靴子。"老人答道。

镇长意识到他在这些人面前已经是威信扫地了。再和这老人待在一起，受他那些讥讽话的赞美，只会增大他无能甚至懦弱的名声。

他找到了一条听上去很合理的出路，而且还不失面子。

"我们订个协议吧，安东尼奥·何塞·玻利瓦尔。你可是山里的头号老手，对山林了解得比对自己还清楚。我们只会给你添麻烦，老头。跟踪它，然后把它宰了。如果你成功，国家会付给你五千苏克雷。你留在这里，想怎么干就怎么干吧。我们回去保护村庄。五千苏克雷哪。你有什么话要对我说吗？"

老人听着胖子的提议，眼皮都没眨一下。

事实上，唯一能做的真正的理智之举就是返回埃尔伊迪里奥。这只以人为捕猎对象的动物不久就会到村里去，在那里给它下陷阱更容易。这只母兽肯定会寻找新的受害者，想跟它抢地盘是很愚蠢的。

镇长想摆脱他。老人尖刻的回答损害了这个独裁者的原则。而镇长已经找到一种体面的方式将他甩掉。

老人并不很在乎那个爱出汗的胖子在盘算什么。他也不在乎报酬。他的脑子里闪现出另一些想法。

某种感觉告诉他，那只豹猫就在不远的地方，也许此刻正注视着他们，或许正在问自己为什么没有一个受害者给它惹过麻烦。也许是过去在苏阿尔人中的生活使他看到了这些死亡中隐含的公平：血腥，却无可避免，以眼还眼。

美国佬杀了它的幼崽，天晓得他是不是把那只公的也杀了。另一方面，这只母豹猫的行为令他直觉到它冒险靠近人类是在寻求死亡,就像昨晚那样,而在此之前,它咬死了普拉森西奥和米兰达。

一个陌生的声音命令他,杀死它绝对是仁慈之举,但这种仁慈并不是那些自认为有资格宽恕和赠予的人所慷慨给予的。这只野兽寻找机会以求面对面的决一死战,在一种既不是镇长、也不是那群人中的任何一个所能理解的哀痛中死去。

"你同意吗,老头?"镇长又问道。

"同意。但请把烟、火柴和其他几份弹药留给我。"

镇长听到他同意,松了口气,把他要的东西给了他。

这队人没花多少时间就打点好了回程的家什。告别后,安东尼奥·何塞·玻利瓦尔便埋头加固茅屋的门窗。

黄昏时分,天色暗了下来,在忧郁的灯光下,他又一次拿起了书本,在水流过枝叶的响声中等待着。

老人又从头温习了一遍。

他为自己没能搞清书里的情节而难过。他回忆着已经背下来的句子,这些词句毫无意义地从他嘴里冒出来。他的思绪四处飘荡,想找个确定的点停驻下来。

"也许我害怕了。"

他想起一句告诫人们在恐惧中藏身的苏阿尔谚语,于是熄灭了灯。在黑暗中，他躺在口袋上，把上好膛的猎枪搁在胸口上，让思绪如沉落河床的石头般平静下来。

喂，我说，安东尼奥·何塞·玻利瓦尔，你究竟怎么了？

你不是第一次面对一头疯狂的野兽。是什么东西让你如此不安？是等待？你宁愿它现在就破门而入，来个迅速的了断？这种事是不会发生的。你知道没有一只动物会愚蠢到去侵犯一个陌生的岗哨。你为什么这么肯定这只母兽必然会来找你呢？你有没有想过，以它所展示出来的智慧，这只动物可能会拿那队人开刀？它会跟着他们，在他们到达埃尔伊迪里奥之前，把他们一个一个地干掉。你知道它会这么做的，而你本该提醒他们这一点，告诉他们："相互距离不要超过一米。不要睡觉，过夜时保持清醒，而且一定要靠近岸边。"你知道，即使这样，对那头畜生来说，伏击他们还是很容易的，它只要纵身一跃，一个人便会倒地，喉管开裂。在其他人尚未从惊恐中回过神来时，它就已隐蔽好，准备下一次袭击。你认为那只豹猫会觉得你是同类？别这么虚荣，安东尼奥·何塞·玻利瓦尔。记住，你并不是猎人，因为你自己总是拒绝这个称号，而猫科动物跟踪真正的猎人，跟踪真正的猎人身上恐惧的气息以及他们挺拔的男根所散发出的气味。你不是猎人。好多次，埃尔伊迪里奥的居民说起你时，总把你称作猎人，而你回答他们说这不是事实。因为猎人杀生是为了战胜内心令他们疯狂、令他们烦恼的恐惧。曾经多少次，你看见一队队狂热的人，全副武装，深入密林？几周前，他们又一次出现了，带着大捆大捆的食蚁兽皮、水獭皮、蜜熊皮、蟒蛇皮、蜥蜴皮还有小山猫的皮，但从来都没有像你等待的那只母豹猫一样的、真正的敌手的尸体。你看见他们在成堆的兽皮旁喝得醉醺醺的，以此来掩饰他们的恐惧，因为他们知道在广阔无垠的雨林里，令人尊敬的敌人看到了他们，闻到了他们，鄙视他们。猎人们确实日渐稀少，因为动物们都已向东进入密林深处，越过了遥远的不可能越过的山脉，远得能见到的最后一条蟒蛇都已经栖居在巴西的领土上了。而你曾经在离这里不远的地方看到并猎杀过蟒蛇。

对第一条蛇的猎杀是出于正义或者说是复仇。尽管你踌躇于这两种动机，却发现并没有什么不同。当这条蛇撞见一个移民的儿子时，这个小孩正在游泳。你打量着那个男孩。他不会超过十二岁，那条蟒蛇把他弄得像一只水袋那样柔软。你还记得吗，老头？你坐着独木舟追寻它的踪迹，直到发现了它晒太阳的沙滩。你留下许多死水獭当诱饵，然后等待着。那时你年轻而又敏捷，你知道凭着这种敏捷，你就不会变成这位水神的另一道大餐。漂亮的一跃，砍刀握在手中，干净利落的一刀。蛇头落向沙滩上，在它触地之前，你跳开，藏身在矮小的灌木中，那条爬行动物翻滚着，它强有力的身体一次次地抽打。十一二米的仇恨。十一二米的深橄榄色带有黑环的皮肉，在它已经死去的时候仍试图杀死对方。

第二条蛇是献给救了你命的苏阿尔巫师的供品。你还记得吗？你重复了上一次的计谋，在沙滩上撒下肉饵，然后在树上等着，直到看见它从河里出来。这一次没有任何仇恨。你一边看着它狼吞虎咽地嚼着那些啮齿动物，一边准备好标箭，把锋利的那一头裹上蛛丝，涂上一种古拉雷毒药，放进吹箭筒的小口子中，寻着它头骨的底部瞄准。

这条爬行动物被击中了，它身体几乎四分之三的部分都挺立了起来，从埋伏的那棵树上，你看到它黄色的眼睛，它直立的瞳孔在搜寻你，但它的目光未能触及你，因为古拉雷很快就发生了作用。

接下来就是剥皮仪式了，走了那么十五、二十步，砍刀就把它划开了，它冰凉的粉色的肉里渗入了沙子。

你还记得吗，老头？当你献上蛇皮时，那些苏阿尔人宣布：你不是他们中的一员，但你是属于那片土地的。

豹猫对你来说也不陌生，但你从不杀幼崽，不论是豹猫的，还是其他动物的。就像苏阿尔人的法则所指示的那样，你只捕杀成年动物。你知道豹猫是一种奇怪的动物，行为难以捉摸。它们不像美洲豹那样强壮，却聪明绝顶。

"如果追踪非常容易，让你信心十足，就意味着豹猫正看着你的后颈。"苏阿尔人说，这是事实。

有一次，应移民们的请求，你得以领教了这种大花斑猫的狡猾。有一只很强壮的家伙，对奶牛和骡子行凶，他们请求你的援助。那是一次艰难的追踪。起先，这家伙让你跟着它，把你引到贡多尔山的支脉，那里满是低矮的植物，是伏地突袭的理想场所。当发现自己落入圈套时，你想方设法离开那里回到丛林中去，这时那只豹猫现身拦住了你的去路，不让你有时间把猎枪举到眼前。你射了两三次都没有打中它，这才明白这只猫科动物想在进行最后的攻击前把你累垮。它告诉你要学会等待，也许还提醒你弹药已经很少了。

这是一场令人尊敬的较量。你还记得吗，老头？你纹丝不动地等待着，时不时打自己几巴掌驱散睡意。整整等了三天，直到那只豹猫觉得有把握了并发动了进攻。带着上好膛的枪，趴在地上等待，这真是条妙计。

为什么你记得这所有的一切？为什么你满脑子都是这只母兽？也许双方都知道彼此处境相同？咬死四个人之后，它已经很了解人类了，就像你对豹猫们一样。也许你知道得更少。苏阿尔人不捕猎豹猫，它们的肉不好吃，而且一只豹猫的毛皮也只够做百来个能代代相传的装饰品。苏阿尔人，你希望他们中的一个和你在一起吗？当然了，你希望是努西尼奥老兄。

"老兄，你跟上我的脚印了吗？"

那个苏阿尔人会拒绝的。他一连啐了好几口，想让你知道他说的是实话，他会告诉你他不感兴趣。这不关他的事。你是白人的猎手，你有猎枪，你亵渎了死亡，因为你让被杀者遭受痛苦。你的老兄努西尼奥会告诉你苏阿尔人只猎杀那些懒惰的长尾猴。

"为什么，老兄？长尾猴只是挂在树上睡觉而已。"

在回答之前，你的老兄努西尼奥会先放个响亮的屁，让那些懒惰的长尾猴都听不到他的话。他会告诉你，很久以前，有个苏阿尔人首领变得邪恶而血腥。他无缘无故地杀害善良的苏阿尔人，于是，长老们决定处死他。特尼奥皮，那个残暴的首领，当他走投无路时，就变成懒惰的长尾猴逃走了，那些长尾猴是如此相似，根本无法分辨它们中的哪一只里藏着那个该死的苏阿尔人。因此，必须把它们全部杀掉。

"他们说就是这么回事。"努西尼奥老兄在离开前会啐上最后一口，因为苏阿尔人一讲完故事，就会走开，避免会引起谎言的提问。

所有的这些想法都是从哪里来的？看看吧，安东尼奥·何塞·玻利瓦尔。它们都在哪种植物下隐藏和进攻呢？也许是恐惧找上你了，你再也躲不掉了？如果是这样的话，恐惧的眼睛能够看到你，就像你看到从茅屋的窄缝里透进的曙光一样。

喝了几杯清咖啡之后，他投入了准备工作中。他熔化了一些蜡烛，把子弹浸在熔开的蜡里。接着让多余的蜡滴干，直到其表面覆上了一层油膜。通过这种方法，子弹即使掉进水里也能保持干燥。

他把余下的蜡涂在额头上，特别是眉毛上，做成一种面盔。有了这个，当他在雨林的空地上与那家伙对峙时，雨水就不会遮挡他的视线了。

最后,他试了试砍刀的刀锋,起身去丛林寻找踪迹。

跟着前一天找到的痕迹,他以茅屋为起点向东量了一个两百步长的半径。

到达那个定点后,他沿东南方向画了一个不规则的半圆。

他发现一摊被压扁的植物,上面的嫩枝都陷进了烂泥里。向茅屋进发前,那只动物曾蹲在这里,顺着渐渐消失在山坡上的脚印,每过一段路都会出现耷拉着的植物。

他抛开这些旧的印迹,继续搜寻。

当寻到野生香蕉树巨大的叶子下时,他发现了那只动物的爪印。这些脚印很大,可能有成年男子的拳头那么大。在那些脚印旁边,他找到了另外一些蛛丝马迹,告诉了他这只动物的秉性。

这只母兽不是在捕猎。爪印边缘的嫩枝叶都被弄断了,这不符合任何一种猫科动物的狩猎风格。这只母兽狂乱地摆动尾巴,几乎到了疏忽大意的程度,面对猎物的靠近,兴奋不已。不,它不是在捕猎。只有确定面对的是劣于自己的物种时,它才会行动。

他想象它就在这里,瘦削的身躯,激动而充满渴望的呼吸，凝神的双眼如岩石般坚毅，浑身肌肉紧绷，充满挑逗地甩着尾巴。

"好吧，畜生，我已经知道你是怎么行动的了。只是我现在还不知道你在哪里。"

他朝丛林发问，却只有暴雨回答。

他扩大了搜寻范围，远离他暂住的茅屋，来到一片微微隆起的土丘，那里尽管有雨，却是一个很好的观察点，能让他看清周围的动向。植被矮小而茂密，与可以保护他免受伏地袭击的高大树木形成鲜明对比。他决定离开小土丘，沿直线向西进发，朝着在不远处奔流不息的亚宽比河奔去。

快到正午的时候，雨停了，他有些紧张。雨得接着下才行，否则，水气就会开始蒸发，整个雨林将会淹没在浓雾之中，这会让他呼吸困难，甚至都看不到比鼻尖远的东西。

突然，无数根银针从树顶钻下来，耀眼地照亮了它们的所落之处。他正好站在云朵间的空隙下，被阳光在潮湿植物上的反光照着，直直地站着。他骂骂咧咧地擦干眼睛，周围是成百上千转瞬即逝的彩虹，他得在可怕的蒸发开始前，抓紧时间离开这里。

就在那时，他看到了它。

一阵突然的落水声使他警觉起来，他回过身，看见它就在五十来米外的地方，朝着南方移动。

它慢慢地行进着，张着大口，尾巴在身体两侧甩动。他估算它从头到尾该有足足两米长，当它用两条后腿直立起来时，能超过一条牧羊犬的高度。

这家伙消失在一株灌木背后，又立即重新现身。这次它朝着北边走。

"我知道这种花招，如果你想让我待在这里，好吧，我就待着。在蒸汽云雾中，你也一样什么都看不到。"他冲它吼道，然后背靠树干以自卫。

雨水的停歇立即招来了蚊子。它们寻找着嘴唇、眼皮和细小的裂口，展开进攻。这些小小的"沙粒"钻进了鼻孔、耳朵还有头发里。他赶紧把一支雪茄放进嘴里，把它嚼烂，把烟糊敷在脸和胳膊上。

幸运的是间歇的时间很短，雨再一次倾泻而下。随着这场雨，一切又恢复了平静，只听见雨水穿过枝叶的声音。

母兽现身了好几次，总是沿着从北向南的路线移动。

老人看着它，琢磨着它。他跟踪这个家伙的行动，以弄清在密林的哪个地方，它会折身回到北边的同一个地点，重新开始挑衅的散步。

"我跟你耗上了。我是安东尼奥·何塞·玻利瓦尔·普罗阿尼奥，我唯一绰绰有余的东西就是耐性。你是个古怪的家伙，这一点毫无疑问。我自问，你的行为是出于聪明还是无奈。你为什么不绕着我走，装出要攻击我的样子呢？你为什么一心一意往东走，继续你的路？你从北走到南，然后转向西边，重新上路。你把我当傻瓜啦？你正在切断我通往河流的路。这就是你的计划。你想看着我逃到密林里，然后跟踪我。我可没那么笨，伙计。你也没有我想的那么聪明。"

他看着它走来走去，好几次，他都差一点开枪，但最终还是没有那样做。他知道这一枪必须是决定性的准确的一击。如果只是伤了它，母豹猫不会给他时间重新上子弹，扣错一次扳机，就一下子损失两颗子弹。

时间一小时一小时地过去了，当光线渐弱时，他明白，这家伙的把戏并不是要把他往东赶。它是想让他待在那里，就待在原地，等到天黑再下手。

老人计算出他还有一个小时的光亮，在这段时间里，他应该赶紧跑到河边，找一个安全的地方。

他等着这只母豹猫结束它向南的一次移动，当它正要转弯回到出发点时，他全速朝河边跑去。

他跑到一片古老的开阔地，这为他赢得了时间，他把猎枪紧紧地抱在胸前，穿过了这片土地。幸运的话，在母兽发现他逃跑之前，他就能跑到河边。他知道就在不远的地方可以找到淘金者弃置的营房，他可以到那里躲一躲。

听到涨水的声音，他很高兴。河就在附近。当那只豹猫发动进攻时，他只需从一个五十多米的覆盖着蕨类植物的斜坡下去就能到达河边了。

这只母兽的行动想必迅速而隐蔽，它一发现他逃跑的企图，就和他并行跑着，却没有让他察觉，一直到它停在老人的旁边。

他遭到豹猫前爪的推击，滚下了山坡。

他双手挥舞着砍刀，昏昏沉沉地稳住身子，等待最后一击。

上面，母豹猫站在坡边疯狂地甩着尾巴。小巧的耳朵颤动着，捕捉来自丛林的一切声响，但它没有进攻。

惊讶之中，老人缓缓地挪动身体，重新捡起了猎枪。

"你为什么不进攻？你玩的是什么把戏？"

他拉开枪栓，把武器举到眼前。在这个距离，不可能失误了。

上面的那个家伙并没有把目光从他身上移开，突然，它忧伤而疲倦地吼了一声，然后一下子趴在地上。

公豹猫微弱的应答声从很近的地方传来，他毫不费力地找到了它。

公豹猫比那只母的要小一些，它躺着，偎依在一个空心树干旁。它已是皮包骨头，一条大腿被霰弹击穿，几乎脱离了身体。这只动物几乎没有呼吸了，垂死的样子看上去非常痛苦。

"这就是你寻求的？是要我给它仁慈的一枪吗？"老人向着高处喊道，那只母豹猫隐藏进树丛中。

他靠近那只受伤的公豹猫，拍了拍它的脑袋。这只动物连眼皮都没抬一下，他仔细检查它的伤口时，看到蚂蚁已经开始蚕食它了。

他把两根枪管抵在这只公豹猫的胸口。

"我很抱歉，伙计。那个婊子养的美国佬把我们所有人的生活都给毁了。"说着，他开了枪。

他没有看见那只母豹猫，但他猜想它就躲在上面，沉浸在悲痛之中，那也许和人类是相似的。

装好弹药后，他放心地上路，来到他一直想去的河岸。

当他看见那只母豹猫迎着那只死公豹猫走下来时,他已经走开一百多米了。

当他到达被淘金者们废弃的据点时,天几乎黑了,他发现暴雨已经把这座用秸秆建成的房屋冲毁了。他往那个地方迅速扫了一眼,很高兴地找到了一条底肚朝天、反扣在沙滩上的独木舟。

他还找到了一袋干香蕉片,他把口袋装得满满的,钻到了独木舟的船肚下。地面上的石头是干的,他舒了口气,仰面躺下,腿伸直了,心里感到很安全。

"我们运气真好,安东尼奥·何塞·玻利瓦尔,刚才那一摔可是会断上好几根骨头的呢。幸好有蕨草垫着。"

他把火枪和砍刀备在身旁。船肚的高度足以让他蹲着前进或后退。这条独木舟长约九米,被急流中锋利的石头割开了好几道口子。

他舒适地吃了几把香蕉干,点燃一支雪茄,满怀惬意地抽着。他很累,没多久便睡着了。

一个很奇怪的梦侵袭了他。他看见自己身上涂着闪光的王蛇般的色彩,面朝河流而坐,等待纳特马生效。

在他面前,有一样东西在空气中、在枝叶间、在宁静的水面上、在河流的深处移动着。那东西似乎有各种形态，同时又从各种形态中吸取力量。它不停地变换，不让产生幻觉的双眼习惯于一种形态。突然，它的体积变得像一只八哥那么小，接着又变成一条麦皇鲇鱼，张大嘴跃出水面，一口吞掉月亮，掉下水的时候，它又像一只胡元鹫一样莽撞地倒在一个人身上。这种东西没有确切的可以定义的形状，但不论把它当成什么，它总是有一双不变的闪闪发光的黄眼睛。

"这是你自己的死亡，它乔装改扮来吓唬你。如果它这么做，那是因为你还没到离开的时候。赶走它。"苏阿尔巫师一边命令他，一边用冰冷的灰按摩他充满恐惧的躯体。

那形似黄眼睛的东西向着各个方向移动。它渐渐远去，直到被那条长长的、总是挨着地平线的绿线吞没，当这一切发生时，鸟儿们带着所有美好的信息，又一次盘旋飞舞起来。但是，过了一会儿，它又出现在一片乌云里并飞快地降落，一场"黄眼睛"雨从密林上空落下，挂在枝条和藤蔓上，用一种火热的黄色点燃了丛林，将他又一次拖入高烧和恐惧的迷狂中。他想叫，可这种恐怖却用牙齿将他的舌头撕碎。他想跑，但那些飞舞的细蛇缠绕着他的双腿。他想回到他的茅屋，钻进他和多罗雷斯·恩加尔纳西翁·德尔·圣迪西奠·萨哥拉蒙多·埃斯杜比尼昂·奥塔瓦罗的照片里去，他想逃离这残忍的境域，但黄色的眼睛无处不在，切断了他所有的退路，它们同时出现在所有的地方，就像现在，它们就坐在独木舟上面，船在动，一个行走在它表面的躯体的重量使它摇晃起来。

他屏住呼吸，想知道发生了什么。

不，他不是在梦的世界里。母豹猫的确在上面踱着步，因为木板很滑，被连绵不绝的雨水磨得光光的，那家伙用爪子牢牢地抓住木头的表面以稳住脚步，从船头走到船尾，急促的呼吸声离他很近地响着。

河水的流动、雨以及那动物的漫步，便是他所能得到的这个世界的全部信息了。那动物的新态度迫使他加紧思考。母豹猫已经显示出足够的聪明，它正设法让他接受挑战，在一片漆黑中走出来和自己面对面地较量。

这又是什么新花样？也许苏阿尔人关于猫科动物嗅觉的说法是真的？"豹猫能捕捉许多人不知不觉地散发出来的死亡气息。"

先是一些水滴，接着是几股恶臭的水柱掺着雨水从独木舟的缝隙里流进来。

老人知道那只动物疯了。它朝他撒尿。把他当成猎物一样做标记，在与他面对面之前，它就认为他已经死定了。

漫长而漆黑的几个小时就这样过去了，一丝微弱的光亮被请进了这个避难所。

他在下面，仰面躺着，证实枪里已经装好子弹，母豹猫在上面不停地走动，但来回往返已变得短促而紧张。

他通过光亮推断现在已近正午，这时，他感觉到那家伙下来了。他屏气凝神，等待新的动静，直到从船的一侧传来一阵响动，提醒他母豹猫正在船身下的石堆里刨挖着。

既然他不回应挑战，母豹猫决定进入他的藏身之处。

他仰躺着向后挪动身体，退到了独木舟的另一端，及时地避开了那只已经伸进来乱抓一气的爪子。

他抬起头把枪贴在胸前，开了一枪。

他看见血从那动物的爪子上涌了出来，与此同时，右脚上的一阵剧痛表明他错误地估计了两脚的开度，好几颗子弹的碎粒扎进了他的脚面。

他们扯平了。两个都受了伤。

他听到它离开了，便借助砍刀把独木舟稍稍掀开，那点空隙足以让他看见它在一百多米远的地方舔着受伤的爪子。

他重新装上子弹，然后一把将船掀翻。

他起身的时候，伤口一阵剧痛，而那只豹猫，惊讶地趴在石头上，伺机进攻。

"我在这里。让我们爽快地结束这场该死的游戏吧！"

他听到自己用一种陌生的嗓音吼叫着，不能确定讲的是苏阿尔语还是西班牙语。他看见它在沙滩上飞奔，仿佛一支有斑纹的箭，毫不理会自己受伤的爪子。

老人蹲下身子，豹猫在他前方五米多远处，惊人地一跃而起，露出了它的利爪和犬牙。

一股无名的力量迫使他等待母兽跃到它飞跃的最高点，就在那一刻，他扣动了扳机，豹猫停滞在空中，然后身体弯向一侧，重重地摔落在地，胸膛被两颗霰弹炸开了花。

安东尼奥·何塞·玻利瓦尔·普罗阿尼奥慢慢地站起身来。他走近那只已经死去的动物，看见双发子弹已将它炸碎，他颤抖起来。它胸前有一个巨大的伤口，被打烂的肠子和肺从背部露了出来。

它比他第一次见到时所想的还要大。虽然瘦削，却仍是一只骄傲而美丽的动物，一件超越想象的英武的杰作。

老人抚摩着它，忘记了脚伤的疼痛，羞愧地哭了起来，他觉得自己卑鄙无耻，无论如何，他都不配做这场较量的胜者。

泪水和雨水模糊了他的双眼，他把这只动物的尸体推到了河边，河水把它带到了丛林深处，带到从来没有被白人亵渎过的土地上，带到与亚马逊河汇合的地方，向着激流奔去，它会被石头的尖角扯得粉身碎骨，永远地从那些无耻禽兽的魔掌中解脱出来。

他狂怒地扔掉了猎枪，看着它毫无荣誉地沉没。这是任何人都不想要的金属的畜生。

安东尼奥·何塞·玻利瓦尔·普罗阿尼奥卸下假牙，包进手帕里，一边不停地咒骂那个美国佬——这场悲剧的揭幕者，咒骂镇长，咒骂淘金者，咒骂所有亵渎了亚马逊贞洁的人。他一刀砍下一根粗壮的树枝，拄着它，向埃尔伊迪里奥，向他的茅屋，向他那些用无比美丽的语言讲述爱情、有时甚至能让他忘却人类野蛮行径的故事走去。

一九八七年初稿于南斯拉夫阿尔塔托雷
一九八八年定稿于德国汉堡

后　　记

《读爱情故事的老人》是智利作家路易斯·塞普尔维达（Luis Sepúlveda）的处女作，也是他的成名作。路易斯·塞普尔维达于一九四九年出生在智利的奥瓦利。少年时代他曾在船上工作，以后又去学习，毕业于智利大学戏剧学院。七十年代初，他积极支持智利前总统阿连德的左派政府。一九七三年皮诺切特将军发动军事政变后他被捕入狱，被监禁了两年后，他以八年流亡代替了余下的二十八年监禁，于一九七七年乘飞机离开智利。他到达阿根廷首都布宜诺斯艾利斯后，发现自己没有足够的旅费去欧洲，于是便决定去厄瓜多尔的亚马逊河流域体验一下在那里居住的印第安人的生活。在与土著居民朝夕相处的六个月的时间里，他学会了他们的语言，了解了他们的生活习俗，更重要的是，他为那块古老土地上的环境与生态被所谓的文明破坏的事实而感到无比忧虑。面对朴实善良的印第安土著居民，面对拉丁美洲这块充满了神奇色彩、既古老又年轻的土地，作者思绪难平，写下了这部旨在反映印第安人生活的小说。

《读爱情故事的老人》于一九八八年在西班牙发表，获得奥维耶多市基金会颁发的迪格雷·胡安奖。一九九二年，这本书被译成法文，很快成了畅销书。这部小说的魅力不仅在于它深刻的含义，还因为他展现了亚马逊河流域热带雨林中印第安人富有传奇色彩的生活习俗。

小说从一开始就把人们带进了美洲亚马逊河流域的一个小镇：一名在当地颇有名望的牙科医生用非常简陋的方法给当地居民医治牙疾。这是一个流动的露天诊所，也是人们来来往往聚集的地方。当地的土著居民苏阿尔人、从外地来的希瓦罗人和外来的混血人种在这块土地上共同生活着。在牙医的诊所，书中的人物一一登场，而最引人注目的是一位喜欢读爱情故事的老人。他就是小说的主人公。他的名字与拉丁美洲传奇式的民族英雄完全一样，叫"玻利瓦尔"。他为人善良耿直，虽然不是本地人，但在这块土地上生活了很长时间。他了解亚马逊河丛林的人与动物，并学会了与他们友好相处。另一位主要人物是镇长。这是一个不学无术且昏庸的行政长官，他的骄横愚笨与当地居民的善良淳朴形成了鲜明的对比。当发现了一具白人男子的尸体时，镇长武断地认为这是印第安人为抢劫钱财所为，而老人则从尸体上伤口的形状与尸体的气味推断出，这是一只雌豹猫对猎杀者杀害其亲人的恶行进行的报复。为追寻这只豹猫，镇长与玻利瓦尔等人一起深入密林。但胆怯的镇长知难而退，由玻利瓦尔一人搜寻。最后，老人与豹猫进行了最后的决斗。

小说描写了玻利瓦尔老人与印第安土著居民苏阿尔人交往的神奇经历，他们与动物之间既相互制约又相互依存的辩证关系。小说继承了拉美小说自十九世纪以来就不断涉及的文明与野蛮、人与大自然的主题。但由于时代变了，作者的思索也完全不同了。小说中代表"文明"的人们在凶恶的大自然面前再也不是束手无策任其摆布，而是对自己赖以生存的大自然进行了不同形式的破坏。小说着意表达的是，在厄瓜多尔这片原始大森林，"文明"正在悄悄地以一种十分野蛮的方式闯进去，代表"文明"的除了政府派的既无知又专横的镇长外，就是对这块土地和这块土地上的资源垂涎欲滴的美国佬。正是他们在毁坏人类生活的大自然，灭绝与人类共同生活的野生动物。他们不仅对生态环境的破坏具有不可推卸的责任，而且也受到了大自然的惩罚。在这里，作者赋予了文明与野蛮以新的含义，"文明"正在破坏与人类世代友好相处的大自然。保护生态平衡，保护野生动物，这是人类的当务之急，否则人类将会受到大自然的无情报复。

小说的深意还不仅于此。在当今社会，人类不断追求社会的文明进步本是无可厚非的事情。然而，为了所谓的"文明"，在世界的许多地方，很多人或国家却打着各种各样的旗号为了一己私利进行着毁坏人类赖以生存的自然环境的战争。而在我们身边，为了经济的发展，对自然环境进行肆无忌惮的破坏的大小事件时有发生。

人类究竟应如何推动社会的文明和经济的发展，如何面对自己赖以生存的大自然，这是这部小说给予我们的最深刻的启示。

智利作家路易斯·塞普尔维达的其他作品也都脍炙人口，被译成了多种文字，包括一九九四年获得胡安·恰巴斯小说奖的《世界尽头的世界》、悬念跌宕的侦探小说《斗牛士之名》(1994)、《帕塔哥尼亚快车》(1995)、经典童话《教海鸥飞翔的猫》(1996)和被称为黑色小说的《热线电话》(2002)等。

路易斯·塞普尔维达现侨居西班牙。他曾获得多项文学奖和荣誉称号：一九七六年获得智利加布列拉·米斯特拉尔诗歌奖；二〇〇九年因《我们过去的阴影》获得春天小说奖。他还获得法兰西共和国艺术文学骑士勋章、法国土伦大学和意大利乌比诺大学文学系的名誉博士称号。

陈凯先
二〇一一年六月